Planet der Zehnwortdiktatur
Teil 1
Im Banne des unheimlichen Herrschers M.

2. Auflage
01/2017

Science-Fiction-Horror-Komödien-Roman

MICHAEL HÄUSLER

Herstellung und Verlag:
BoD - Books on Demand
Norderstedt
ISBN 978-373-225-2800

Von Michael Häusler erschien bisher im Verlag
Books on Demand GmbH (BoD) Norderstedt:

(Heli)opolis –
Der verhängnisvolle Plan des Weltkoordinators,
Utopisch-satirischer Roman, Paperback, Kartoniertes
Taschenbuch, 688 Seiten,
ISBN 978 3844 800 302
2012

Keiner spricht mehr von Schimmeling
Ein Münchner Gesellschaftsdrama, 164 Seiten, 210
mm, 245 g, Paperback, Kartoniertes Taschenbuch,
ISBN 978 3 84820486-1
2012

Die Zeitfälscher
Ein außerirdisch cooler (Anti) Science--fiction--
Roman, 170 Seiten, Kartoniert, Eine vergnügliche,
utopische Erzählung.
ISBN 978 384 822 536 1
2012

Alle Bücher sind auch als eBook erhältlich.

In ferner Zukunft: Deutschland verfügt über seine erste Auswandererkolonie auf einem fernen Planeten. Dieser wird jedoch von fast allen Deutschen wie die Pest gemieden, denn er gilt als tabu.

Nur ganz wenige trauen sich da hin, denn keiner weiß, was dort vorgeht.

Ein junger Historiker schließlich wagt den Hinflug: Und wird zerrieben im Räderwerk einer höchst kuriosen, unbarmherzigen Diktatur, in der alle Lebensgrundlagen auf die Zahl 10 genormt sind.

Eine unsichtbare Macht treibt ein wirres Spiel mit dem Fremden, von dem er nicht weiß, wo es ihn hinführen soll.

Der Fremde, der bis zum Schluss namenlos bleibt, erlebt die albtraumhafte Monotonie des Planeten, seine durchweg unheimlichen, seltsamen Bewohner, erfährt Gehirnwäsche und Psychoterror.

In tiefster Verzweiflung will er sich völlig aufgeben. Doch da trifft er in der Hauptstadt Zehnwortsatzingen völlig unerwartet die große Liebe seines Lebens: Die junge, aparte Sängerin Tamara Hope.

Doch diese ist fanatisch dem Zehn-Wort-System ergeben, und ausgerechnet auch noch eine enge Vertraute des zwielichtigen Diktators Meereszorn; denn sie ist staatlich beauftragte Propagandasängerin für Zehnwort-Lyrik!

Kann eine Liebe unter solch unheilvollen Umständen überhaupt gedeihen?

Können Tamara und der Fremde jemals eine gemeinsame Zukunft haben?

In seiner Not schmiedet der Fremde fieberhaft Pläne, die ebenfalls ihn heftig gegenliebende Tamara heimlich zur Erde zu entführen.

Inhaltsangabe:

PROLOG:

Tamara. .... Tamara ... Tamara ...

Meine liebe Tamara …

Tammy! Du süße Sirene des Zehnwortgesanges!

Warum habe ich dich verloren?

Dein Name spukt immer noch, auch heute, als Nachhall in meinem Kopf herum und lässt mir keine Ruhe.

Nachts liege ich manchmal noch wach, und du tauchst unweigerlich in meinen Träumen auf, wenn ich dann doch endlich einschlafe.

Denn: Nur der Gedanke an Tamara verknüpft heute noch mein voriges Sein mit dem jetzigen.
Alles andere möchte ich mir lieber nicht in Erinnerung rufen müssen, denn die Ereignisse, die ich eigentlich nie reflektieren, geschweige denn der Öffentlichkeit berichten wollte, suchen mich auch heute noch in meinem geschundenen Bewusstsein heim.
Es war mir zu meinem Leidwesen vergönnt, viel Unwahrscheinliches, scheinbar Sinnloses zu erleben, auch Entsetzliches in reichlichem Ausmaß, was mir heute noch viele seelenbelastende Grübeleien verursacht, weil ich eingesehen habe, dass ich mich ja

doch niemals ganz davon freihalten kann, daran zu denken, was mir einst Schreckliches widerfahren ist.

Ich habe Phasen durchlaufen, die meine Sinne über Gebühr verwirrten, aber auch angenehm belebten durch meine einzigartige Liebe zu Tamara. Dann wiederum gelangte ich zu verstörenden Phasen einer horrorhaften Erkenntnis.

Man soll die Vergangenheit ruhen lassen. Sagen manche. Die ihr das Privileg einer Phase des Lernens absprechen, denn solche sagen, das Vergangene könne man eh nicht zurückholen, und aus ihren Fehlern der Vergangenheit haben ja bekanntlich tatsächlich die wenigsten Menschen gelernt. Insoweit haben diese Menschen recht.

Andere wiederum sagen, die Fehler und Gräuel der Vergangenheit müssen reflektiert werden, um gegen die Versuchung gefeit zu sein, ihre Übel in die Zukunft zu transponieren.

Auch da ist was Wahres dran, an dieser Ansicht. Aber an welcher Ansicht ist eigentlich nichts Wahres dran? Doch weiche ich hier augenblicklich vom Thema ab, ich weiß; und das ist dem Umstand zu verdanken, dass es mir nie gelingen wird, die verstörenden Dinge, die ich erlebt habe, logisch zu deuten, noch imstande sein werde, irgendwie verständlich darüber zu schreiben...

Meine albtraumhaften Erfahrungen haben bei mir ein Gefühl der schuldbewussten, inneren Unruhe hinterlassen, in entscheidenden Augenblicken meiner Existenz versagt zu haben. Auch habe ich noch nicht die richtige Methode gefunden, alle ineinandergreifenden Ereignisse auf eine klare Linie zu bringen, denn in meiner verschwommenen Erinnerung verschmelzen sie alle zu einem einzigen, verwirrten Chaostraum, in dem die Zahl Zehn eine bedeutende Rolle spielt. Ich gestehe: Auch diese Form der Beschreibung ist wieder nicht die richtige Annäherung an das eigentliche Thema, das ist mir wohl bewusst, doch wahrscheinlich gibt es gar keine angemessene Form einer auch nur einigermaßen plausiblen Annäherung oder gar Deutung.

Ich zögere immer noch, den Leser teilhaben zu lassen an der allerunsinnigsten, unglaublichsten und verspieltesten Regierungsform, die man sich vorstellen kann, dem „Zehnwortismus", wie man es genannt hat. Es ist auch die grausamste und unmenschlichste Herrschaftsform, die man sich ausdenken kann.

Was bleibt dann eigentlich noch zu sagen übrig, wenn ich mich einfach nicht aufraffen kann, darüber zu sprechen? Das frage ich mich auch, und trotzdem will ich versuchen, dennoch mein Bestes zu tun, mich der Sache Schritt für Schritt, Gedanke für Gedanke, mit wie viel weiteren Ausschweifungen auch immer noch, anzunähern.

Obwohl ich schon mittendrin bin, habe ich eigentlich noch gar nichts gesagt, und damit sind wir auch schon beim Hauptproblem: Denn es gibt eigentlich auch nichts zu sagen, denn die Geschichte, die ich nun erzähle, wurde von den Behörden zur Tabusache erklärt, ad acta gelegt, verschwiegen, hat offiziell nie stattgefunden, und ist damit – das ist nun das

Schrecklichste daran – weder Vergangenheit, noch Zukunft.

Ich werde also einige Mühe aufzuwenden haben, in meinen langen Aufzeichnungen über nichts zu reden, so gut wie über nichts, doch sollte der Leser Geduld haben: Auch das Nichts verdient Beachtung, auch wenn sie es sich nur zum Ziel setzt, es mit etwas Sinnvollem anzufüllen.

Da drehen wir uns wieder im Kreis, einverstanden, aber was soll ich machen, es ist einfach zu grotesk, um darüber zu sprechen. Jetzt fragt sich der Leser wieder: Worüber eigentlich? Und ich gebe ihm auch recht, ich weiß es auch nicht.

Alles verliert irgendwann seine Bedeutung, was es auch sei, nichts hält ewig, weder die Akropolis noch der Eiffelturm, irgendwann werden sich beide auch bei liebevollster Restaurierung in ihre Bestandteile auflösen. Ferner kann auch nichts auf Dauer gedeihen, wenn es nicht die Möglichkeit zur konstruktiven Kritik zulässt; daran sind schon Reiche zerbrochen, auch das, welches ich als das „Zehnwortreich" kennen gelernt habe. Man kann einfach nicht die richtigen Worte für dieses Reich finden, obwohl es gerade um Worte in dieser „Zehnwortdiktatur" geht. Um Worte geht es zwar auch in anderen Diktaturen, wo das Wort vergewaltigt, die Sprache verdreht, pervertiert wird, bis sie ihre ursprüngliche Bedeutung, das schiere Mitteilungsbedürfnis der Leute, verloren hat. Und das Endprodukt dieser geistigen Manipulation ist dann die Instrumentalisierung der Wörter und der Sprache für die ruchlosen Zwecke des Diktators.

Alle Diktaturen sind irgendwie gleich in ihrem Grundwesen. Alle haben aber auch verschiedene Züge, die so in keiner anderen wieder auftauchen. Die Zehnwortdiktatur hatte einen solch erschreckend simplen Charakterzug, dass sie beinahe zum Spott reizen könnte.

Es war einfach ein einziges, großes Zahlenspiel, eine „mathematische Diktatur", auf deren Basis der Diktator regierte. So simpel das klingen mag, so kompliziert war doch auch wieder die Ausprägung. Doch jede Diktatur wird einfach, wenn erst einmal das Grundprinzip zur Unterdrückung der Massen gefunden worden ist: Bei unserer Diktatur war es einfach die Zahl „10".

Ihre Funktion? Im Grunde einfach zu beschreiben, derart simpel liefen die immer gleichen Mechanismen ab: Bestimmte Wortfolgen wurden von den Behörden festgelegt und machten eine Phase der Echolalie durch; da sie so oft wiederholt worden sind, wurden sie zum Werkzeug einer halluzinatorischen Wortdiktatur instrumentalisiert... Alles klar? Damit habe ich allerdings schon wieder mehr Verwirrung gestiftet, als dass ich auch nur annähernd zur Klärung des seltsamen Sprachphänomens beigetragen hätte, auch dessen bin ich mir durchaus bewusst. Aber wir kommen der Sache immer näher; daher: Vermeiden wir weitere Verzögerungen und wenden uns nun der Erzählung zu. Vielleicht gibt sie ja doch hin und wieder Aufschluss über das Geschehen auf dem fremden Planeten.

Alles klingt wie ein Märchen, und so sollte die Diktatur, die ich beschreibe, vielleicht auch sein, eine reine Märchendiktatur, die ihre Elemente nach den losen Gesetzen eines Traums zusammensetzt.

Oder war etwa alles am Ende nur ein böser Traum?

Ich werde versuchen, auch das zu entschlüsseln.

Vielleicht bin ich am Ende gar nur ein Träumer, ein verrückter Träumer?

In meinem jetzigen, unausgegorenen Bewusstseinszustand ist alles möglich.

Oder noch mehr.

1. KAPITEL: AUFBRUCH INS UNGEWISSE:
Die erste Phase des Unbewussten.

Doch jetzt beginne ich wirklich und wahrhaftig mit der Schilderung meiner unglaublichen, gulliveresken Abenteuer. Da ich gerne ultimative Erfahrungen auslebe, trieb mich die Abenteuerlust dazu, eine der verfemten Weltraumkolonien zu besuchen, ausgerechnet diejenige mit einer ziemlich dubiosen Vorgeschichte, die jeder normale Mensch tunlichst wie die Pest mied.

Meine Reisevorbereitungen hatten gleichwohl noch einen humanitären Nebenzweck: so galt es, einem verschwundenen Freund und Kollegen nachzuspüren, der einst dort gestrandet war und nie mehr zurückgekehrt war. Es war also doch nicht nur die reine Abenteuerlust, die mich vorwärtstrieb in die Weiten des Alls. Schließlich brach ich auf zu unserer umstrittensten Weltraumkolonie.

Der Planet, der sie beherbergte, war ziemlich klein; er maß ungefähr nur ein Zehntel des Erdendurchmessers. Vor knapp hundert Jahren wurde er überhaupt erst besiedelt, dürfte heute um die zehn Millionen Einwohner haben. Die ursprüngliche Einwohnerzahl bestand aus acht Millionen Menschen, die einst wegen akuter Übervölkerung der Erde angefangen hatten, aus der Gemeinschaft Deutscher Staaten in die Fernen des Universums aufzubrechen, um auf diesem Stern die Kolonie „GERMANIA I" zu gründen.

Mit den neuesten, technisch hochgerüsteten Raumfähren der Serie TRANSUNIVERS war es seit Kurzem ein Leichtes, den Planeten in wenigen Wochen anzufliegen. Die ersten Schiffe fuhren schon vor gut hundert Jahren, die Verbindung zur Erde funktionierte mit beträchtlicher Verzögerung, aber gut und regelmäßig, die Menschen waren glücklich auf beiden Planeten, der neue Stern fruchtbar und sein rascher Aufbau gedieh prächtig. Die Regierung von GERMANIA I unterstand der irdischen Weltregierung, die sich aber nicht in die Kompetenzen der Auswanderer einmischte, da ja zunächst alles glatt verlief.

Die Beziehungen zwischen der alten Erde und ihrem deutschen Satelliten waren erstklassig, rege Raumfährenverbindungen gingen hin und her, bis vor circa fünfzig Jahren die Verbindung auf unerklärliche Weise abriss, der ständige Bild- und Funkkontakt abrupt unterblieb.

Was konnte da passiert sein?

Kein Mensch konnte sich das so recht ausmalen. Zunächst gab es keinerlei Anlass zu größerer Besorgnis, die Erde wurde ja nicht bedroht.

Eins nur wurde recht bald zur Gewissheit: Die Ursachen für die totale Funkstille waren nicht technischer Natur – der Kontaktabbruch war bewusst und gewollt herbeigeführt worden. Aber von wem? Und warum?

Niemand wusste es.

Ein ziemlich altmodischer, elektronischer Schutzschirm blockte die Weltrauminsel plötzlich vollständig vom übrigen Universum ab. Wahrscheinlich mit dem Ziel, irgendwelche Ungesetzlichkeiten, die anfingen, sich in die Herrschaftsstruktur einzunisten, oder sonstige Unregelmäßigkeiten vor der Weltöffentlichkeit zu vertuschen.

Seltsamerweise gelang es uns nicht, die Nachrichtensperre zu durchbrechen, auch nicht mit unseren modernsten Hightech-Methoden; merkwürdigerweise wurden aber auch nicht übermäßig Versuche gestartet, das Phänomen zu erklären. Dahinter verbarg sich ein Mysterium.
Damals spann ich mir absurde Theorien zusammen, wie diese neue Diktatur, die wir auf dem Planeten vermuteten, aussehen könnte. Nicht nur ich tat das, auch alle anderen Menschen, die noch einige Relikte vergangener Diktaturen in den entferntesten Nischen ihrer Erinnerung präsent hatten, und das auch nur noch äußerst vage.
Dann wiederum suchten zeitweilig Bilder von einem neuen Atlantis meine blühende Fantasie heim; ein verlorenes Paradies wartete dort vielleicht auf uns, oder eben eine neue Art von moderner Hölle. Falls ich in diesen obskuren Machtbereich vorzudringen wagte, wusste ich nicht, um welchen Preis das geschehen würde, und das fürchtete ich am meisten.
Damals konnte ich ja noch nicht ahnen, dass ich es mit einer völlig neuen, staatlich gelenkten Sprachregulierung und Menschensteuerung zu tun bekommen würde. Ebenfalls wusste ich noch nichts von Tamara, oder von ihrem Grad der Verstrickung in das System.

Ach ja, meine über alles geliebte Tamara, wie ich sie vermisse, seit sie mir wie in einem bösen Traum für immer entglitten ist! Ihr tragisches Verschwinden bereitet mir heute noch die größten Seelenschmerzen. Genauso wie ich ist auch sie letztendlich an den abnormen Anforderungen einer unheimlichen Parallelwelt gescheitert, die wir beide zu verändern suchten.

Alles liegt für mich in einem einzigen Nebel von Traumfetzen und durchlöcherter Erinnerung gefangen, und ist doch erst vor nicht viel mehr als einem Jahr passiert...

Solange ich lebe, werde ich an dich denken, Tamara ... Und an die putzige, kleine Stadt, diese unvergessene Kleinstadt, von der alles ausging, was mit unserer Beziehung zu tun hatte; wo wir uns kennengelernt haben, wo wir gelebt, geliebt und gelitten haben ... Die genormte Stadt war unser Schicksal, und das so vieler Abtrünniger und Normalmenschen, sie war einfach unbegreiflich! Das ganze Leben dort war unbegreiflich und kurios wie ein verworrener Traum.

Tamara – mein Herz ist so einsam, seit es dich verloren hat...

Leise, in erinnerungsseliger Nostalgie an deine schöne Stimme singe ich heute noch deine Lieder, und es bringt mir keinen Trost; nothing goes anymore, oh, my Darling Tamara, non puo finire tra noi, I miss you, my darling –si tu savais, comme tu me manques, mon

amour, te quiero para siempre, amor, ja lublju tebja ...
All meine Fremdsprachenkenntnisse reichen nicht hin,
dir meine Liebe zu gestehen, dir mein Leid zu klagen,
das sich darin manifestiert, dass du heute nicht bei mir
sein kannst; oh, es war nicht nur diese Stadt, die uns
zusammengeführt und wieder auseinandergebracht
hat, es war der Hochmut, der Neid und die
Grausamkeit der Herrschenden und unser eigener
Größenwahn ...

Dabei hatte alles eigentlich ganz harmlos angefangen.

Wie vorgesehen, brachte mich die TRANSUNIVERS
innerhalb weniger Wochen wohlbehalten ans Ziel: Die
ferne, kleine Weltraumkolonie erwartete mich in ihren
strahlendsten Farben; selbst die Landebahn der
Raumfähre versank in einer blühenden
Heidelandschaft, weit außerhalb jeglicher störenden
Zivilisation, wie es schien...
Mit einem kleinen Koffer in der Hand stieg ich aus
dem metallenen Ungetüm, das mich hierher gebracht.
Ich war ganz unbedarft und voller Zuversicht. Nicht
im Geringsten dachte ich mehr an die Ermahnungen
und Warnungen meiner Kollegen und Freunde, in
deren Augen mein Ausflug hierher ein wahnsinniges
Unternehmen war.

„Und? ... Sie wollen es sich wirklich nicht noch mal
überlegen?“
So die bange Frage des übermäßig zitternden
Kapitäns, in der viel Mitgefühl für mich mitschwang.
Aus seiner Stimme sprach eindeutig große Sorge um
meine Sicherheit. So groß war seine Furcht, dass er

die ganze Zeit über mit einer gezogenen Laserpistole in der Hand während unseres Gesprächs das Terrain im Auge behielt, so als könnte jeden Augenblick eine Monsterechse hinter der nächsten Biegung auftauchen.

„Noch haben Sie Zeit, mit uns gleich wieder zurückzufliegen", stellte er mir eindringlich anheim. „Überlegen Sie gut. In ein paar Minuten ist es zu spät", warnte er mich.

Ich lächelte ihn nur stumm an. Heute wundere ich mich, wie ich so ruhig bleiben konnte. Ich hätte unbedingt auf

die Besatzung hören sollen. Sie hatten recht, sich zu beunruhigen.

„Was genau hier vor sich geht, können wir nicht mal ahnen", sprach der Kopilot zu mir. Das gesamte Flugpersonal schaute sich bei diesen Worten unbehaglich in der Gegend um, trotz der friedlichen, lieblichen Landschaft.

„Die Funkstörungen bedeuten ja ohne Zweifel eine absichtlich herbeigeführte Panne", sagte der Kapitän zu mir, indem er mich unermüdlich zu überzeugen suchte, sofort wieder den Rückzug anzutreten.

Und beinahe triumphierend zeigte er mir seine Peilgeräte, die auf keinerlei Sendesignale dieses Planeten ansprachen, nicht einmal jetzt, wo wir uns genau auf seiner Oberfläche befanden.

Aber ich wollte um keinen Preis zurück. Der Kapitän nahm es bedauernd zur Kenntnis. Das war das Letzte, was er noch für mich tun konnte.

„Ich hole Sie also in genau sechs Monaten hier an der gleichen Stelle wieder ab." Des Kapitäns Stimme klang bereits wie ein fernes Echo in meinen Ohren.

„Wie vereinbart", sagte ich und nickte zustimmend, und schon blickte ich sehnsuchtsvoll auf das blühende Paradies, das sich vor meinen Augen auftat, so ganz ohne technische Einsprengsel.

„Sollte Ihnen etwas zugestoßen sein, und Sie sind dann nicht am vereinbarten Treffpunkt, dann weiß ich, was das bedeutet", sagte der Kapitän düster.

„Ich weiß", erwiderte ich, „dann werden Sie ohne mich abfliegen; das nehme ich in Kauf!".

„Na, dann ist ja alles klar, viel Glück und gute Überlebenschancen", wünschte er mir hastig, denn er hatte es eilig, diesen Ort zu verlassen.

„Jetzt aber nichts wie weg von hier!", hörte ich ihn noch in meinem Rücken murmeln, dann war er schon im schützenden Raumgleiter verschwunden, der kurz darauf dröhnend abflog.

Jetzt war ich wirklich allein. Aber wie lange würde der Zustand anhalten?

Ich ging weiter und blickte mich um. Seltsam, dachte ich. Als erstes war mir aufgefallen, dass alle Bäume so merkwürdig zurechtgeschnitten waren, und alle waren offenbar immer in genau abgemessenen Gruppen gepflanzt worden. Und dann in gleichen Abständen voneinander entfernt. So wollte es mir jedenfalls scheinen.

Hier auf diesem Planeten sah ich keine modernen Fahrzeuge. Überhaupt mangelte es an allen Ecken und

Enden an moderner Technologie unseres aufgeschlossenen Erdenzeitalters, wie mir in Kürze auffiel, als ich auf meiner Wanderung auf einen alten Bahnhof stieß.

Das klapperige Gefährt, das kurz darauf auf altertümlichen Gleisen heranrauschte, hatte das Aussehen eines Zuges aus dem zwanzigsten Jahrhundert – Mitte des zwanzigsten Jahrhunderts, ungefähr; ergänzte ich im Geiste. Auch das Ortsschild machte zu meiner Freude nicht gerade einen neumodischen Eindruck. Und dabei war es sehr sauber und bestimmt nicht älter als ein paar Wochen.

Tief und behaglich atmete ich durch. Hier war die Zeit stehengeblieben; kein Zweifel – in technologischer Hinsicht war dieser Planet in seiner Entwicklung um einige hundert Jahre hinter unserer irdischen Zeitrechnung zurückgeblieben.
Dies machte auf den ersten Blick einen lieblichen Reiz für mich aus.

Verwundert, aber voller Elan, fast schon euphorisch, bestieg ich das Gefährt, die Eisenbahn, in der ich im Laufe der Fahrt nach altertümlicher Manier eine sogenannte Fahrkarte lösen musste, die mir ein sogenannter „Schaffner" verkaufte, der sich noch höchstpersönlich den engen Gang hindurchschlängelte, um bis zu mir zu gelangen. Eine Serviceleistung, die auf unserer Erde schon vor Jahrhunderten der Rationalisierung zum Opfer gefallen war.
Das Gespräch mit dem Schaffner war putzig, aber etwas schwierig, um endlich an die Karte zu gelangen,

die ich für die Fahrt ja offensichtlich benötigte. Es verlief in etwa so:

„Um hier mitfahren zu dürfen, benötigen Sie eine Fahrkarte, Fremdling", sagte er tatsächlich in holpriger, eigentümlicher Sprechweise, die mich faszinierte.

„Danke", sagte ich abwehrend, „aber welchen Nutzen sollte eine Fahrkarte für mich haben, da ich ja hier ohnehin völlig fremd bin, und die Gegend überhaupt nicht kenne; ich würde also keinen Ort darauf wiedererkennen, weil ich zum ersten Mal hier auf diesem Planeten bin; außerdem kann ich Ihre Schrift nur mühsam entziffern", sagte ich lächelnd.

„Nein, zu diesem Zwecke benötigen Sie die Fahrkarte mitnichten, Auswärtiger", spann sich das merkwürdige Gespräch fort, „allein zum Zweck Ihrer Beförderung müssen Sie die Fahrkarte lösen", intonierte der Schaffner mechanisch wie ein Roboter. War das überhaupt ein Mensch?, durchfuhr es mich ganz plötzlich.

„Lösen soll ich die Fahrkarte?, fragte ich erstaunt.

„Aber womit denn? Ich bin doch kein Chemiker, sondern Historiker!", stotterte ich entgeistert, „ich führe doch kein Lösungsmittel mit mir; oder ist es etwa eine Säure, die dazu benötigt wird?", fragte ich verdutzt. Denn der Ausdruck: „Eine Fahrkarte lösen" war mir unbekannt.

„Und kann ich diese Säure … oder dieses Lösungsmittel dazu eventuell bei Ihnen beziehen?", fragte ich devot.

Der Schaffner machte ein finsteres Gesicht.

„Aber eins verstehe ich nicht: Was hätte es denn für einen Zweck, die Fahrkarte aufzulösen? Denn wenn sie erst einmal vernichtet ist durch das Lösungsmittel, die Säure? Dann ... könnte ich doch überhaupt keinen Ort und kein Gebirge oder Fluss mehr darauf erkennen?", fragte ich ratlos.

„Ich bitte dringend, sich nicht über mich lustig zu machen!", mahnte mich der Schaffner dringend, „weitere Verstöße gegen unsere Gepflogenheiten bin ich gezwungen, zu melden!", murmelte der Eventuell-Roboter stakkatohaft, „mitunter noch an andere Behörden als an das hiesige Zehnwortamt", brabbelte der unmögliche Roboschaff; - oder Robochef? Seltsames Gebrabbel, wirklich, dachte ich.
„Sagen Sie mal ehrlich, mein Guter: Sind Sie noch ganz dicht? Oder haben Sie etwa ein Loch in Ihrem Blechoberstübchen da oben?", fragte ich geradeheraus. „Und da kommt dann dieses seltsame Gerede heraus, vermute ich, hä?"
„Hä?", machte da auch er, der Verdutzte, oder der Verblechte?
Mehrere, endlose Male.
„Hä? –Hä? –Hä? –Hä? –Hä?."... Usw. Mindestens zehn Mal.
Ich versuchte, das Gefutzele durch gepflegte Nachahmung seiner Sprechweise auszuwetzen: „Tütenförmige Tölen tapsen tatterig trockene Teichwege talwärts, tranige Tintenfische triezend?", fragte ich probeweise. Vielleicht war das hier so eine Art Gesellschaftsspiel, um sich die Zeit während der drögen Zugfahrt zu vertreiben? Wer weiß?
Der Schaffner sah mich nur sprachlos mit großen Augen an.

Dann aber hellte sich irgendwie seine bedröppelte Miene auf. Er wiederholte plötzlich interessiert, mit langsamem Nachsprechen, meinen langen, improvisierten T-Satz, und alle meine Mitreisenden schauten auf einmal zu mir her. Zu meinem Erstaunen brachen alle in spontane Bravo-Rufe aus und applaudierten mir.
„Zehn, zehn, zehn, zehn, zehn...", sagte einer und von allen Seiten wurde es nickend nachgesprochen. Seltsam.
Nach einigem Palaver einigten sich der Schaffner und ich dennoch in der komischen Sprechweise darauf, dass ich keine Fahrkarte zu lösen brauchte, wenn ich einwilligte, dass er sich den von mir gesprochenen, originellen Satz notieren dürfte, den er dann dem hiesigen Sprachinstitut zur Begutachtung vorlegen wollte.
Mir konnte es nur recht sein, und schließlich hatte ich endlich meine Ruhe.
Etwas unbehaglich öffnete ich meinen Koffer und klappte meinen Tablet-PC auf, und mit dem digitalen Eingabestift schrieb ich meine Eindrücke von dieser merkwürdigen Gesellschaft auf das Touchdisplay.
Neugierig und scheel blickten ein paar schielende Augenpaare mit unendlicher Vorsicht auf mein kurioses Verhalten. Doch ich versuchte, mir nichts anmerken zu lassen.

Dann plötzlich schienen meine Mitreisenden nicht mehr die geringste Notiz von mir nehmen zu wollen, als ich lächelnd und voller Interesse die berückende Landschaft bestaunte, die in mittlerem Reisetempo an mir vorbeizog, sodass ich mir in aller Ruhe die Schönheiten der Natur ansehen konnte.

Das also sind die Nachfahren unserer ersten, mutigen spatialen Aussteigergeneration, dachte ich still für mich.

Die Kleidung der seltsamen Wesen im Zug, die ich hier und da wie in einem halluzinatorischen Traum erspähte, war ebenso abweisend und dunkel wie ihr Blick, der von dem meinen einfach abglitt. Schon war der Reiz des Neuen an mir verflogen. Keiner im Zug sprach ein Wort, auch nicht, als ich mehrere Gestalten zaghaft ansprach. Ihre Blicke gingen durch mich hindurch. Nichts als diabolische Nichtbeachtung erntete ich während meiner Fahrt, obwohl das nicht das richtige Wort war. Ich kam mir vor wie ein garstiger Aussätziger, suchte nach einem Spiegel. Vielleicht war mir ein zweiter Kopf gewachsen oder ein Rüssel.
Nichtsdestoweniger zog eine grüne, unverbrauchte Landschaft weiterhin an mir vorbei, die so gar nicht zu der düsteren Stimmung im Zug passen wollte.
Vielleicht wurde meine Sprache hier von meinen Mitreisenden einfach nicht mehr verstanden, und der Schaffner war eine Ausnahme? Fest stand: Die Umgangssprache hatte sich zwischenzeitlich sehr gewandelt, oder war einfach nur ganz anders als die auf der vertrauten Erde. Oder es war in der Zwischenzeit eine Zeit heraufgezogen, in der allgemeines, öffentliches Sprechverbot herrschte, wer weiß?

Dieses und ähnliche Überlegungen warf ich laut in die gesichtslose Menge. Ein sehr unkluger Vorgang natürlich, doch ich wollte mit Gewalt eine Reaktion provozieren, was mir nicht gelang. Ich wurde nicht einmal mehr für würdig befunden, dass man sich nach mir umdrehte.

Es gehörte ja schließlich zu meinen Aufgaben als Historiker, in der Sprache der Vergangenheit herumzuwühlen, aber dass diese Vergangenheit sich mir dann doch derart verschloss, war mir ein Rätsel.
Ich hatte das Gefühl, vor lauter ekligen Spinnen zu sitzen, wenn ich in meine Runde des Schreckens blickte.
„Ist hier bei euch plötzlich jedermann stumm?“, fragte ich in meinem besten Hochdeutsch und schickte verblüffte Blicke in verschiedene Ecken. „Oder spreche ich vielleicht zu schnell? Oder herrscht bei Ihnen gerade der große Schweigemonat?“
„Worte scheinen bei euch wirklich unbezahlbar zu sein“, deutete ich seufzend an. Doch keiner schenkte mir Aufmerksamkeit.
Wenn sie mir wenigstens so etwas wie eine mürrisch verschlossene Miene zugewandt hätten, diese Nichtmenschen, so will ich sie einmal nennen. Aber sie waren weder mürrisch, noch drückten ihre Mienen sonst was aus. Da war einfach nur das latente Nichtvorhandensein von Gestalten, obwohl sie natürlich körperlich doch präsent waren. Nicht mal böse oder unfreundlich waren sie, auch nicht desinteressiert, denn ich glaubte zu bemerken, wie einige von ihnen mir ihre stumpfen Mienen schnell

wieder entwanden, als der Schaffner durch den Gang zurückstapfte.

Nicht mal eigentlich roboterhaft benahmen sie sich, denn sie schienen als schwerelose Gespenster durch den Raum zu driften.
Ob sie hier alle unter Drogen standen, die unheimlichen Gespensterbrigaden? Resignierend kauerte ich mich in meinem Sitz zusammen.
Von Angesicht zu Angesicht, eigentlich eher von Angstgesicht zu Angstgesicht saßen wir uns gegenüber, wir zwei, mein stummer Sitznachbar und ich. Obwohl auch er über keinen Gesichtsausdruck verfügte, den ich kannte, saß er doch jetzt auf einmal sehr entspannt auf seiner Bank, zu entspannt für meine Begriffe. Da war es wieder, dieses völlige Losgelöst-Sein von allem, der Welt, den Menschen, jeglicher Wahrnehmung.
Ich war gerade entschlossen, den unglücklichen Zeitgenossen anzureden, da hielt unser Zug mit einem Ruck. In meinem Wirrwarr der Gefühle hatte ich gar nicht mitbekommen, dass die Bahn ihre Geschwindigkeit verlangsamt hatte.

2. KAPITEL: DIE ERSTE ANLAUFSTELLE DES SCHRECKENS:
Der kleine Bahnhof von Zehnwortsatzingen

Wir stiegen aus dem Zug. Neugierig blickte ich mich um. Meine Mitreisenden stiegen ebenfalls aus, allerdings auf ganz andere Weise als ich. Sie verließen den Zug in kleinen Gruppen, mit rhythmisch federnder Gangart, immer zu Zehnt. Entweder in einem kleinen Pulk oder im Gänsemarsch, in einer Reihe hintereinander, fast militärisch.
Aber das war noch nicht das Ende der Merkwürdigkeiten: Nachdem sie einige Schritte getan, immer zehn, wie ich gleich darauf entdeckte, blieben sie kurz stehen, nahmen danach sofort wieder ihre kuriose Schrittfolge auf. Blieben nach erneuten zehn Schritten wieder kurz stehen, setzten sich wieder in Bewegung, und so ging es weiter.
Jetzt war ich noch neugieriger geworden, wohin sie nun gehen würden, nach dieser Inszenierung für mich, den Fremden. Auf dem Bahnsteig prangte auf einem Hinweisschild der Stadtname in kunstvoll verschnörkelten Lettern:

ZEHNWORTSATZINGEN

Was für ein hübscher Name!
Aber was hatte er zu bedeuten?
Der Bahnhof selbst hatte das Aussehen eines putzigen Kleinstadtbahnhofs längst vergangener Tage. In der Ferne liebliche hohe Berge mit saftigen Almwiesen und alpenländischen Häuschen. Alles war

wunderschön. Ringsumher schien überall die sprichwörtliche idyllische Atmosphäre zu herrschen, wie man sie auf der Erde schon lange nicht mehr kannte. Nur noch in alten Filmen und auf Postkarten, die annähernd tausend Jahre alt waren, konnte man sich noch von ihr einfangen lassen.

Und doch war es gerade der kleine putzige Bahnhof der traumverlorenen, zeitentrückten Hauptstadt „Zehnwortsatzingen", der sich für mich als Anlaufstelle des Schreckens erweisen sollte.

Es war die Lautsprecherdurchsage, die momentan meine Aufmerksamkeit voll und ganz mit Beschlag belegte; sie ertönte plötzlich und unerwartet mit blechernem Scheppern und knackenden Interferenzen: „SIE BEFINDEN SICH IN ZEHNWORTSATZINGEN, HAUPTSTADT DER DEUTSCHEN KOLONIE GERMANIA"...
„Wir begrüßen alle Reisenden aufs herzlichste in unserer glorreichen Hauptstadt" ... „Auch alle ausländischen Gäste heißen wir herzlich bei uns willkommen" ... „Diesen insbesondere möchten wir einen angenehmen Aufenthalt bei uns wünschen" ... „Zur Erreichung dieses Zwecks geben wir jetzt einige Verhaltensmaßregeln bekannt": ... „Wir bitten daher alle Auswärtigen, uns eingehend Gehör zu schenken"...

Wir Historiker schenken jedoch nur ungern Gehör, viel lieber forschen wir selber nach, noch viel lieber schnüffeln wir. Denn auf keinen Fall wollte ich den Anschluss an meine Gespensterbrigade verpassen. Die Stimme aus dem Lautsprecher sprach zwar deutsch, aber mit einem merkwürdigen, unbekannten nicht-deutschen Akzent, wie ich ihn noch nie gehört hatte.

Wie angenehm mild das Klima hier war, war ein Umstand, den ich sofort zu genießen verstand, und wie würzig die Luft war!
Danach fiel mein Blick wieder auf die merkwürdigen Gruppen meiner Mitreisenden: Anders als ich, fingen alle an, die verschiedensten Richtungen einzuschlagen. Alle gingen unter Ausgangstoren durch, die die Ziffern eins bis zehn trugen. Merkwürdig: So schienen es dann auch zufälligerweise genau zehn kleine Gruppen gewesen zu sein, die sich mit mir im Zug befunden hatten.
Zufälligerweise?
Nichts hier auf diesem irrlichternden Planeten ist zufällig, mein Alter, mahnte mich im Stillen meine innere Stimme.
Welcher Gruppe sollte ich mich anschließen?
Noch während ich diese Überlegung anstellte, wäre ich beinahe gegen eine Art Säule gelaufen, an der prompt mein Blick haften blieb. Auf einem feierlich umrahmten Plakat las ich:

GEREGELTES WORTDENKEN ZUZUEGLICH
NEUDEUTIGE ANGEWANDTE
SPRACHNORM ERSCHAFFTE NEUARTIGEN
AUFRECHTEN ZIELMENSCHEN

Ich erschrak nun doch fürchterlich. Was für eine Sprachmonstrosität war dies? Bei dieser mutwilligen Vergewaltigung der Sprache rieselte es mir kalt den

Rücken hinunter. Das war in der Tat ein merkwürdiges Neu-Deutsch.

Ehe ich mich dazu entschließen konnte, daraus schlau werden zu wollen, fiel mein unglücklicher Blick auf ein großes Schild:

EINWOHNERZAHL BIS AUF WEITERES
KONSTANT AUF ZEHN MILLIONEN
MENSCHEN GEHALTEN

Die Kuriositätenschau ging also weiter. Für mich war es jedoch höchste Zeit, vorrangig darauf zu achten, nicht den Anschluss an eine der Gespenstergruppen zu verlieren, die allesamt fast schon durch die zehn Tore verschwunden waren. In Ermangelung einer Glückszahl, die ich nicht besaß, schloss ich mich einfach der am ulkigsten einer latschenden Gruppe an; ich vermeinte jedenfalls, es sei die zehnte. Unbehaglich schritt ich unter dem zehnten Tor hindurch.

Außerhalb des Bahnhofs angekommen, entfaltete das kleine Bilderbuchstädtchen seine ganze Pracht: Immer hurtiger, so wollte es mir scheinen, eilten die Zehnerkolonnen durch kleine, schmale Gassen, die von alten Fachwerkhäuschen durchzogen waren, jeweils immer zehn Häuschen hintereinander kamen zum Vorschein. Dann kam eine Lücke, den Rest konnte man sich denken.

Auf Schritt und Tritt hatte man das Gefühl, auf einem Abstellgleis allen irdischen Geschehens angelangt zu sein.

Alles perfekt genormt. Häuser. Paraden. Sätze. Es war zu phantastisch, um wahr zu sein. Was war nur der Zweck der totalen Uniformität? Und was war ihr Ziel? Und: Hatten sie (wer eigentlich?) es schon erreicht?

Hatten sie nicht, wie sich gleich herausstellen sollte, jedenfalls nicht in allen Lebensbereichen.

Eine uniformierte Gestalt hielt mich an, kaum dass ich den Bahnhof mit den genormten Menschen verlassen hatte. Um sich auszuweisen, hielt er mir eine altmodische Plakette entgegen, sollte wohl ein Abzeichen sein, das ich gerne als archäologisches Fundstück einkassiert hätte. Weder freundlich noch feindselig sprach er mit ausdruckslosem Gesicht: „Sie haben es mit einem Angehörigen der Zehnwortpolizei zu tun. Dergestalt ist es meine Aufgabe, mir eben Ihre Personalien vorzunehmen ... Ich hoffe in beiderseitigem Interesse, dass sie der Ordnung entsprechen...“

Ich besaß zwar einen wild buntschillernden, biometrischen Plastikausweis mit integriertem Globalnetaufrufungsprogramm, das neueste Modell von der Erde, der in den Augen des Ordnungshüters futuristisch anmuten musste, entschloss mich aber spontan, die Überprüfung zu verweigern, weniger aus Angst, denn aus Trotz.

„Tut mir Leid – Überprüfung verweigert“, schleuderte ich ihm lächelnd entgegen, dann zog ich schnell in irgendeine Richtung davon.

Und wie ich richtig vermutet hatte, blieb der Ordnungshüter ratlos an seinem Platz stehen ohne mich zu verfolgen. Widerspruch waren sie offenbar nicht gewohnt in einer derart genormten Gesellschaft, in der alles reibungslos funktionierte. Doch ich wusste: Ewig würde ich mit dieser individualistischen Masche nicht durchkommen; beim nächsten Mal würde der Fehler behoben sein.

Noch ging ich also unbehindert meines Wegs, vorbei an alten Burgen und Schlössern. Ich passierte wunderschöne Wasserfälle und Wälder. Aber alle paar Meter waren Lautsprecher angebracht, sogar im Wald. Sie waren allerdings sehr gedämpft eingestellt, und aus ihnen drangen leise, manchmal auch liebliche Frauenstimmen, die schwärmerisch gesellschaftliche Inhalte verkündeten.
Von überall her drangen wunderliche Litaneien aus solchen Lautsprechern an mein Ohr. Vor einem blieb ich neugierig stehen. Er war an einem Baum angebracht. Ich lauschte den folgenden Worten:

„DIE ERFAHRUNGEN DER VERGANGENHEIT SIND NICHTIG, WEIL SIE BEDEUTUNGSLOS SIND ...“
„Kein obsoletes Gesetz, oder Moralvorstellung, oder Maxime darf unbehandelt bleiben“.
„So alleine mutiert die fehlerhafte Vergangenheit zu einer besseren Zukunft...“
„Wir preisen die Zehnsatzlogik, die zum Vehikel gefilterten Erkenntniszuwachses avancierte ...“

Es knackte im Lautsprecher, dann folgte eine kurze Pause.

Kurzerhand nutzte ich sie, um auf den weiteren Erkenntniszuwachs zu verzichten. Die geeignete Maßnahme dazu bestand in eiligem Weglaufen.

Solcherlei Obskurantismus wurde über die gesamte Stadt abgestrahlt; aus allen Wäldern und Gassen hallte es sanft wider. Wahrscheinlich gab es davon auch eine schriftliche Fassung, niedergelegt in einem allgemeinverbindlichen Regelwerk. Eine Bibliothek würde mir sicherlich darüber Aufschluss geben. Doch dafür hätte ich später noch Zeit. Jetzt galt es, so etwas wie einen Regierungssitz zu finden, oder eine Oppositionsgruppe, vorzugsweise beides. Sicherlich würde ich nicht beides am selben Ort vorfinden.

Würde es überhaupt so etwas wie eine Opposition geben, oder wenigstens eine Dissidentenclique, die versteckt im tiefen Wald lebte wie in „Fahrenheit 451"?

Glücklicherweise war ich als Historiker mit alten Begriffen vertraut, die längst aus dem heutigen Sprachgebrauch ausgeschieden sind, jedenfalls auf unserer guten, alten Erde.

Auf dem weiteren Weg zu einem der beiden von mir angestrebten Ziele entdeckte ich ein großes Transparent, das quer über den Waldweg zwischen zwei Bäumen gespannt war. Darauf las ich:

WO STÜNDE HEUTE UNSER STAAT OHNE UNSEREN TAPFEREN FÜHRER MEERESZORN – DER WEISHEIT LETZTER SCHLUSS, DES ZEHNWORTES HÜTER, DES GLAUBENS BORN?

Meine Güte, konnten diese Zehnwortsatzlinge schwülstig reimen. Die reinste Lachnummer. Die Frage schien direkt an mich gerichtet, doch hatte ich armer Wicht noch nicht die leiseste Ahnung, welch ein Unikum sich hinter dem Namen „Meereszorn" verbarg. Die alten, überladenen Phrasen waren mir jedoch bestens aus meiner Studienzeit in alter Geschichte vertraut.

Hier herrschte dieselbe Atmosphäre wie im irdischen Ost-Berlin der Jahre 1949-1990.

Was für weitere Überraschungen würden meiner harren? Seltsamerweise entdeckte ich an mir noch keinerlei Abwehrmechanismus gegen das unheimliche Fremde auf dieser kuriosen Welt. Vielleicht, weil es sich noch nicht konkret klassifizieren ließ. Vorerst fasste ich wohl noch alles als eine groteske Prüfung auf.

Lächelnd versuchte ich mich an eigenen Gedanken- und Wortspielen, während ich weiter mit meinem Koffer in den Wald hineinlief.

Meereszorn? Born? Zorn auf Meereszorn? Meeresborn? Bornierter Meereszorn?

Da es sich hier ja wohl um eine Person handelte, so würde also dieser Meereszorn mein großer Gegenspieler werden. Stellte sich nur noch die Frage nach seinem Aufenthaltsort, es sei denn, es handelte sich nur um eine fiktive Person, eine Marionette. Der große Bruder. Ein unsichtbarer Gegner, der mich im dunklen Wald aus tausend Augen anstarrte – das war meine augenblickliche Vision.

„DIE FREIHEIT DES INDIVIDUUMS ENDET AN DEN UNVERGÄNGLICHEN MAXIMEN MEERESZORNS ...

Wie ein Peitschenhieb traf es mich diesmal. Diese Maxime, die ich aus einem anderen Lautsprecher vernahm, der ganz hoch oben, unerreichbar an einem anderen Baum befestigt war, schien ganz auf mich zugeschnitten. Mit steifen und verrenkten Gliedern blickte ich nach oben in die lichtdurchflutete Baumkrone. Wann würde die einlullende, unablässige Flüsterpropaganda eine erste, ernsthafte Wirkung auf mich haben?

„DAS ÜBERGEWICHT DER BÜROKRATISCHEN APPARATE ... VERGANGENER REGIERUNGSFORMEN ... WURDE ERFOLGREICH ELIMINIERT ...“

So drang es aus der Ferne zu mir herüber. Eine sanft säuselnde Frauenstimme lullte mich gegen meinen Willen behaglich ein, brachte es sogar fertig mit ihrer samtweichen, verführerischen Klangfarbe, dass ich für einen Augenblick selig die Augen schloss.
Lautsprecher, überall.
Ich war versucht, meinen Koffer zu öffnen, um nachzusehen, ob es eventuell eine Meereszorn-App auf meinem Smartphone gab. Doch schnell verwarf ich diesen Gedanken wieder, denn dann würden die tausend mich ausspähenden Augenpaare das Wundergerät entdecken, und es würde mir sicher von den Behörden weggenommen werden. Das konnte ich im Moment nicht riskieren. Ich musste mir ein ruhigeres Plätzchen dafür suchen.

Sanfte Frauenstimmen, nein, Mädchenstimmen, dann wieder feste Männerstimmen, aber immer in gedämpftem Ton hörte ich auf mich herabrieseln. Niemals martialisches Stimmengehämmer wie in früheren, diktatorischen Erd-Zeiten. Die sanfte Revolution ... Alles drehte sich um mich, der Tanz auf dem Vulkan, was war das? Abstieg in das Reich der Toten? Alle meine Sinneswahrnehmungen verquickten sich mit dem sanften Säuselton. Wohin führt mich mein Weg? Wie lange bin ich eigentlich schon unterwegs?

„ ... REGENERIERT AUCH IHR TÄGLICH EURE KRAFT, ZEHNWORTBÜRGER, DURCH STÄNDIGE WORTNEUSCHÖPFUNG ...“

Diese neue, unglaublich sanfte Stimme, die ihre Botschaft mit unendlich zärtlichem Sendungsbewusstsein, und dunklem Pathos vortrug, schien von überall her zu kommen. Nach jedem Wort schien sie einen Seufzer einzuschieben, der mich vor Verzückung hochfahren ließ, ob ich wollte oder nicht. Sofort war ich wie verzaubert, es ließ sich nicht unterbinden.
Und dann begann sie zu singen, die Stimme, dieselbe Stimme, mit dunklen, erstaunlich tiefen Tönen. In der nächsten Strophe plötzlich mit hellen, kristallklar reinen. Da war es um mich geschehen. Alles verschwamm vor meinen Augen. Ich verfiel ins Träumen, als der süßeste Sirenengesang aller Zeiten in mein Ohr drang – alles drehte sich im Kreis, als die Königin der Melodien ihre Stimmbänder zum Schwingen brachte, mir ganz allein ihr Lob auf die Zehnwortsatzlyrik pries, sie mir als höchste aller göttlichen Tugenden vorgaukelte, mich unendlich

verzauberte. Das Karussell der Zehnwort-Apotheose versetzte mich in immer schnellere Schwingungen. Die dunklen, abgrundtiefen Seufzer der erhabensten und herrlichsten aller Stimmen erfassten mich und zogen mich unerbittlich hinab wie in einen Strudel der Seligkeit. Das jetzt leicht vibrierende Tremolo der Stimme trieb mir die Tränen der Rührung in die Augen. Oh, wie liebte ich die Stimme, wie sehr liebte ich die Zehnwortsatzlyrik!

Hastig wischte ich sie weg, da ich mir über alles ein klares Urteil erhalten wollte, doch es gelang nur sehr mühsam, wenn überhaupt. Schon glaubte ich mich im Reich des ewigen Wohlklanges, wo es nur die erhabensten Zehnwortsätze gab.
Wie ein armer Zehnwortsünder kam ich mir vor, der eine armselige Sprache im Munde führte, ein elender kleiner Wicht, der die soziale Struktur der hiesigen Bevölkerung aufzuweichen gewagt hatte durch seine sprachliche Deregulierungstaktik. Während über mir ein engelsgleiches Wesen auf einer goldenen Harfe sang, und mir durch seine Zehnwortlieder eine scheinbar vollkommene, glückliche Gesellschaft zeigte. Ich musste dieses Wesen persönlich kennenlernen, in meiner unmittelbaren Nähe spüren, die Trägerin des höchsten Glücks und ihre Engelstimme. Kein anderes Ziel hatte für mich mehr Vorrang.
Auf einmal gab es weder Vergangenheit, noch Zukunft, nur noch diese Stimme gab es für mich, die unsichtbar über mir thronte, irgendwo, im Überall und Nirgendwo verborgen für mich als mein Schatz der

Nibelungen, als das goldene Vlies, der Stein der Weisen, als Inbegriff höchster Glücksverheißung.

Schaurige Welt, wer hat dich so zugerichtet?

Nicht dieses vermeintliche Paradies wagte ich derart negativ hervorzuheben, sondern meine eigene, techniküberladene, enge Erde, als ich traurig und höchst beglückt zugleich mit gesenktem Kopf weiterging.

Ich taumelte vorwärts. Dichter Nebel zog über den Wald, kam von dem Bergrücken herab, hüllte mich ein.

Irgendwann muss ich wieder zur Besinnung gekommen sein, denn mir fiel auf, dass der Gesang verebbt war. Wann genau allerdings das passierte, war mir unmöglich zu sagen. Es kann zwei Minuten nach meinen letzten Empfindungen geschehen sein, oder Stunden danach...

Hatte ich einen Tagtraum, war ich nur einer einzigartigen Vision erlegen?

Alles war jetzt so friedlich und still, keine Lautsprecher trübten den Waldfrieden, nur Vögel zwitscherten still im Hintergrund. Die Anlaufstrecke des Schreckens im Bahnhof von Zehnwortsatzingen war zur Heimstätte des Friedens geworden.

Könnte ich doch nur die Zunge eines der Gespenster lösen, die mich seit meiner Ankunft als Schatten verfolgten, oder mir vorauseilten!

Aus einem entfernten Lautsprecher sang ein Kinderchor, sanft säuselten die hellen Stimmen irgendeinen Refrain, dessen Worte sich in meinem vernebelten Bewusstsein noch nicht zu einem Sinn zusammensetzen wollten.

„MEERESZORN, DER GARANT VON STRAHL ..."

Abrupt wurde der Gesang gekappt durch Sirenengeheul, das bildete ich mir jedenfalls ein. Dann landete ich ganz unversehens wieder auf einer Straße.

Laternen und Litfaßsäulen standen überall. Zum ersten Mal sah ich alte Autos und Busse. Alle kutschierten in Zehnerformationen durch die Straßen, genauso, wie sich jeweils zehn Laternen aneinanderdrängten. Genauso verhielt es sich bei den Lampions und den Fahnenstangen, die überall zu sehen waren. Auch viele Menschen waren in Zehnergruppen unterwegs, alle irgendwie in Feststimmung. Eine solche Zehnergruppe kam mir gerade singend entgegen, eine gespenstische Prozession, die sich rhythmisch fortschreitend bei den Schultern hielt, nach zehn Schritten kurz stehenblieb und schwieg. Gespenstisch deshalb, weil sie wächsern durch mich hindurch sah, ohne sich um das Geringste zu kümmern, was sie umgab.

Was würde passieren, unternähme ich das kühne Wagnis, den Pulk aufhalten zu wollen?

Dieselben starren Mienen wie bei den Leuten im Zug.

Es schien sich um Massenhypnose zu handeln, oder einfach Massenwahnsinn. Wahrscheinlich war dies integraler Bestandteil des Rauschzustandes, der Pflichtteil dieses närrischen, großen Festes war. In apokalyptischem Starrsinn harrten sie in ihrer unbedingten Zehn-Schritt-Treue aus, die seltsamen Gestalten.

Sollte ich sie nun aufhalten, die Gespensterbrigaden? Wenn schon in keiner anderen Branche, so könnte ich vielleicht hier in diesem mysteriösen Staat Karriere machen als Prozessionsaufhalter? Kurzentschlossen reihte ich mich ein in den Pulk, als ich als Elfter, zuletzt Marschierender meine Hand auf die Schulter des zehnten Mannes legte. Plötzlich kam ich mir äußerst albern vor. Wie lange das gut ging, konnte ich daraus ersehen, dass alle Marschierer wie auf Kommando stehenblieben und sich nach mir umdrehten. Dabei sahen sie ziemlich verblüfft aus. Kann man verstehen, ist ja wahrscheinlich auch noch nicht oft vorgekommen, diese Neuerung, durch mich eingeführt.

Sofort stoben zwei schwarz gekleidete, bewaffnete Ordnungshüter auf mich zu, und nahmen mich in Gewahrsam. Zwei andere warteten in der Ferne neben einem schwarzen Auto. Einer saß am Steuer, der andere lehnte lässig an der Tür.
„Für Ihren Fall ist eindeutig die „Zentralbehandlungsstelle für Wortgeschädigte" zuständig", belispelte mich sanft und maliziös lächelnd der eine meiner Wächter, während mich der andere wie in einem Schraubstock umklammert hielt.
„Fein", sagte ich trocken, „wenn Sie mich dann bei dieser Gelegenheit gleich zu Ihrem Boss Meeresdröhnen bringen könnten, wäre ich fast schon wunschlos glücklich." Mein Bewacher antwortete nicht, sprach stattdessen in ein altmodisches Sprechgerät, mit dem er vermutlich Verstärkung anforderte.

Plötzlich fiel mir auf, dass sie untereinander in normalen Sätzen sprachen.

Es war also doch alles ein Schwindel!?

Ich verstand. Die Zehn-Wort-Berieselung war für das einfache Volk gedacht, während vermutlich die Herrschenden und ihre Schergen munter drauflos palaverten, wie wir nichtigen Erdenmenschen es zu tun pflegten.

Ich machte sie auf ihre Unvorsichtigkeit aufmerksam.

„Meine Sprechweise ist lediglich eine Konzession an Ihre beschränkte Auffassungsgabe", ließ sich mein Wächter herab, mir ins Ohr zu dozieren. „Sie geschieht im Übrigen mit Billigung der über die richtige Sprachnorm herrschenden Behörden", ergänzte der zweite Wachhund freundlich, indem er mir vor dem Gesicht mit seiner Pistole herumfuchtelte.

Da gab einer der Wächter ein Zeichen, und der schwarze Wagen fuhr heran. Man hievte mich hoch und im Nu war ich im Fond verladen. Es handelte sich um ein viertüriges Vehikel, das, wenn ich mich nicht täusche, im altertümlichen Sprachgebrauch als „Limonade" bezeichnet wurde, oder so ähnlich. Nein, dämmerte es mir, „Litho ... graphie" oder so, war das richtige Wort. Oder „Liminose"?

Wie dem auch sei, drei der schwarz gekleideten Herren fuhren netterweise mit mir mit, damit ich nicht so allein und verlassen war.

„Zur Zentralbehandlungsstelle für Wortgeschädigte, sofort!", raunte der hinter mir sitzende Bewacher dem

Fahrer zu. Der nickte kurz, und los ging es mit viel Schwung.

Ständig fuhren wir Serpentinen hoch und runter. Vielleicht fuhren wir auch nur im Kreis, um mich zu verwirren? Mitunter gehörte das gar schon zum staatlich verordneten Zermürbungsprogramm.

Einer der Dunkelmänner schaltete das Radio ein. Was für ein netter Mensch! Er wollte mich mit ein bisschen Musik zerstreuen. Ich war gerührt. Jedoch: Noch mehr Zehnwortsätze standen ins Haus, vielleicht auch ganze Zehnwort-Symphonien?

„ ... Die Einheit des Staatswesens ist gleichbedeutend der Einheit der Worte ...", dröhnte es aus dem Kasten. Ich fragte mich, wo der Zehnwortchef Meereszorn wohl seinen Kommandostand hatte. Wenn er Soldat wäre, müsste er doch so etwas wie einen Bunker besitzen, überlegte ich, verwarf jedoch sofort wieder diesen unsinnigen Gedanken.

„Hört mal zu, Jungs, wie wär's mit etwas Musikalischem?", schlug ich gelangweilt vor. „Und wenn es nur so ein olles Weichspülmusikprogramm ist, ich bin mit allem einverstanden!", sagte ich keck.

„Aha, der Herr von der Erde wünscht musikalische Untermalung – verständlich bei seiner prekären Lage; los, gib dem Affen Zucker!", hörte ich einen meiner guten, neuen Freunde aus dem Hintergrund schnarren. Der Dunkelmann neben dem Fahrer drehte an den Knöpfen. Wir hörten eine liebliche Hymne. Ich lauschte und vernahm andächtig: „Freut Euch auf die Zehnsatzlieder, und alle Menschen werden Brüder..."

Ich musste einfach schallend auflachen.

„Ein gelungener Gag, wirklich, meine lieben Brüder!", sagte ich frotzelnd.

Ein bunt gemischter Chor sang hingebungsvoll diese Ode an die Freude, dazu strich ein ganzes Orchester, das sich blechern und kratzend abplagte.

„Oh, was für elende Stricher, was für ein Strichermilieu!“, dröhnte es sarkastisch aus mir heraus.

Ich machte eine Bewegung, die andeuten sollte, am liebsten würde ich die Hände über die Ohren legen. Da wurde weiter an dem Knopf gedreht, und der Dunkelmann holte einen anderen Sender herein.

„Es lebe die musikalische Diktatur des Proletariats!“, meldete ich mich ketzerisch zu Wort, während der Dunkelmann weiter den Wellensalat vorbeirauschen ließ.

„Sie hatten gerade die Ehre, unserer Nationalhymne lauschen zu dürfen“, belehrte mich freundlich der neben mir hockende Scherge, die Miene ausdruckslos. Da erklang ein neues Lied.

„Ist dies nicht eher die Stimme Ihrer Sehnsucht?“, fragte man mich kurz darauf hämisch.

Da war sie wieder, diese Stimme, die ich nicht vergessen konnte. Würde sie jemals ein Gesicht für mich bekommen? Kristallklar sang der Begleitchor der Kinder seine vergrunzten Weisen für die Witwen und Waisen, dunkel und melodisch ertönte die Stimme, die ich vorhin im Wald gehört hatte. Sie wissen also Bescheid, die Knilche, dachte ich mir. Sie müssen mich beobachtet haben, als ich meine Waldwanderung unternahm. Meine Wanderung durch die Mark Zehnwortburg! Sie waren es auch, die diese Stimme für mich erklingen ließen.

„Wer ist sie, diese liebesgrunzige Tröterin?“, fragte ich zaghaft und vor Wonne zitternd; „wem gehört diese göttliche Stimme?“ Ich rechnete nicht damit, eine Antwort zu bekommen.

„TAMARA HOPE, staatlich beauftragte Volkssängerin für Zehnwortlieder und Lehrbeauftragte für Zehnwortlyrik an der Universität von Zehnwortsatzingen“, wurde ich freundlich unterrichtet. „Sie ist die beste Sängerin, die je von unserer Weltraumkolonie hervorgebracht wurde“, ergänzte der Fahrer voller Stolz.

„Und die treueste Verfechterin und Bewahrerin unserer Zehn-Wort-Gesellschaft“, gab mir einer meiner Hintermänner preis, während er mir zur gleichen Zeit den unendlich herzlichen, unschätzbaren Dienst erwies, mir drohend die Faust ans Kinn anzulegen.

„Machen Sie sich also keine Illusionen!“

„Dieser Singvogel ist für Sie tabu!“

„Nur schade, dass ich kein Musikwissenschaftler bin“, erklärte ich trocken. „Denn von Musik verstehe ich nichts ...“. – „Eher Ihr Glück, würde ich sagen“, sagte der gorillahafte Mann grinsend.

Nach einer Weile wagte ich mich wieder aus meiner Deckung: „Und dürfte ich Sie mal so ganz nebenbei fragen, wann der fabelhafte Zehnwortschatz Tamara Geburtstag hat? Ich vermute mal, am 10. 10., um 10 Uhr 10 – richtig?“ Sofort kreischten die Bremsen der Limousine, das Auto kam abrupt zum Stillstand. Der Fahrer drückte mir ein pistolenähnliches Gerät an die Schläfe und knurrte böse, mit verzerrtem Gesicht: „Wie können Sie das wissen? Sie haben also doch schon heimlich bei uns spioniert? Was wissen Sie noch von Tamara?"

Höchst erstaunt versicherte ich ihm: „Aber, aber, nichts weiß ich sonst noch ... Das mit der Zehn war doch einfach zu erraten, meinen Sie nicht?", fragte ich mit klopfendem Herzen.

Davon ließ sich der Gorilla schließlich überzeugen, und weiter ging die Fahrt.

Ich war hochnervös und nur noch ein einziges Nervenbündel. Die Kerle und der gesamte Planet könnten für mich sehr gefährlich werden.

Ein Blick aus dem Fenster bestätigte mir, dass sich die verschiedenartigsten, kunstvoll konstruierten Zehnhaussiedlungen abwechselten. Überall waren die Menschen wieder in Gruppen zu Zehn beieinander. Es wurde irgendein Fest gefeiert. Trotz der großen Gefahr konnte ich mir die Frage nicht verkneifen: „Werde ich sie irgendwann mal zu Gesicht bekommen, eure zehntönige Tamara Hope, wenigstens von fern, oder im Fernsehen bei einem Zehn-Lied-Konzert?", fragte ich voller Verlangen nach der betörenden Stimme.

Ich weiß, es wahr reiner Wahnsinn, wieder davon anzufangen, doch der bärbeißige Gorilla neben mir antwortete zu meiner Überraschung diesmal ganz gemütlich: „Wer weiß? „HOPE" heißt schließlich „Hoffnung", wie Sie ja eigentlich wissen sollten, und man soll ja die Hoffnung niemals aufgeben, haha", sprach er verrätselt.

„Jetzt sagen Sie mir doch endlich einmal gerade heraus, wozu diese verrückte Zehn-Wort-Klauberei eigentlich dient?", fragte ich missgestimmt, trotz meiner Herzensangst. Wieder riskierte ich, die Zehn-Wort-Männer unnötig zu reizen.

„Das erfahren Sie gleich im Zentralbehandlungsinstitut für Wortgeschädigte".

Das allerdings klang sehr endgültig. Noch wagemutiger, lehnte ich mich vor zu dem Mann, der sich krampfhaft und redlich bemüht hatte, möglichst bedeutungsschwer die Rolle des Beifahrers zu erfüllen.

„Wissen Sie, wir hatten auf der Erde vor Jahrhunderten ähnliche Volksfeste wie hier bei Ihnen, nur waren unsere Kostüme viel farbenfroher; Karneval nannte man das bei uns. Heute sind sie natürlich überflüssig geworden, seit wir aufgehört haben, uns in solch närrische Tage zu stürzen, da es heutzutage nicht mehr nötig ist, irgendwelchen Stress oder Arbeitsfrust abzufeiern."

Als Antwort erfolgte eine scharfe Vollbremsung. Reifen quietschten, wir wurden herrlich altmodisch durchgeschüttelt, und ich stieß hart mit dem Kopf an die Nackenstütze des Beifahrers. Türen wurden aufgerissen, und man bat mich höflich zum Aussteigen.

„Meine verehrten Zehnwortherren!", begann ich feierlich mit meinem Sermon, auf meine unfreiwilligen Begleiter einzureden, „beinahe sämtliche Versatzstücke aus uralten Gangsterfilmen habe ich während unserer denkwürdigen Sightseeingtour wiedererkannt, einen Punkt jedoch muss ich wegen Unsauberkeit in der Regie und der Kameraführung abziehen, da die Schlussszene mit der Vollbremsung nicht recht gelungen ist. Könnten wir

die nicht noch mal wiederholen? Meine Empfehlung an den Regisseur...“
Doch die Drei von der Zehnwortstelle ließen sich durch kein Mätzchen von mir weiterhin beeindrucken: Wortlos schoben sie mich einen schmalen Pfad voran, bis wir vor einem riesigen, kunstvoll verschachtelten Gebäude zum Stillstand kamen.

3. KAPITEL:
IN DER „ZENTRALBEHANDLUNGSSTELLE FÜR WORTGESCHÄDIGTE"

Zuerst führte man mich durch ein Labyrinth von Gängen und Zimmern, bis ich schließlich in einer Art Empfangszimmer landete. Ein Mann wie ein Schrank mit graumelierter Lockenpracht begrüßte mich lächelnd und bat mich, auf einer Couch Platz zu nehmen. Platz nehmen ist immer gut, dachte ich mir, denn zumindest musste ich dann vermutlich nicht stehen. Wortlos wurden meine Gorillas durch eine Handbewegung seinerseits entlassen. Erfreulicherweise war ihm offensichtlich daran gelegen, dass wir unsere Besprechung in gemütlicher Umgebung führen konnten.

„Ich bin ein sogenannter „Egalisator", die menschliche Ausgabe, denn es gibt auch mechanische", begann er sich mir vorzustellen. „Später werden Sie noch ausreichend Gelegenheit haben, die Maschine selbst kennenzulernen, ... Aber jetzt erst mal herzlich willkommen bei uns."

Ohne dass er mir die Zeit dazu ließ, mich mit Namen vorzustellen, ergänzte er noch: „Ich bin außerdem Ihr persönlicher Zehn-Wort-Therapeut".

Dieser Nachsatz kam eigentlich nicht überraschend für mich. Ich sollte wohl eine Zehn-Wort-Therapie verordnet bekommen, doch bevor ich einen Einwand erheben konnte, erhob sich der freundliche Egalisator bereits wieder von der Couch und bedeutete mir, in einen nahe gelegenen Garten einzutreten, wo bunte Vögel fröhlich in ihren Volieren zwitscherten und aus zackigen Felswänden offenbar künstliche Wasserfälle plätscherten.

Hier säßen die reformierbaren Patienten, erklärte er mir, diejenigen, welche die größten linguistischen Fortschritte gemacht hätten, und folglich ein Anrecht darauf, ihre Heilerfolge in idyllischer Natur zu beschließen. Und tatsächlich sah ich sie da auf gemütlichen Liegen zusammengekuschelt fläzend, oder teils träge auf der Wiese Zehnwortlieder vor sich hinsummend. Andere stammelten dösig und verschlafen Zehnwortparolen vor sich hin. Einige wiederum spielten in lockeren Zehnergruppen auf der weiträumigen Wiese Ball, wobei jeder Einzelne bemüht war, seinen Ball so schnell wie möglich einem anderen Mitspieler zuzuwerfen und gleichzeitig den eines weiteren aufzufangen. Was trefflich gut gelang, wie ich neidlos feststellen musste. Mein grauer Gastgeber blickte mich scheel von der Seite an.

„Ja, Sie vermuten richtig, all diese Leute hier lernen ein gesellschaftlich wohlabgewogenes Zehnwortbewusstsein“, antwortete der Egalisator auf meine unausgesprochene Frage.

„Und sind sie schon geheilt in Ihrem Sinne?“, fragte ich neugierig fasziniert und abgestoßen vor innerer Abneigung.

„Ich werde Ihre Frage gleich anhand einer anschaulichen Demonstration beantworten.“

Er klatschte in die Hände – und augenblicklich schreckten alle „Patienten“ von ihrer müßiggängerischen Position hoch, verteilten sich in geordneten Zehnergruppen über das Gelände, richteten ihre Augen starr nach geradeaus, nahmen Haltung an.

Kurze Zeit später erschienen Spielleiter auf der Bildfläche, die geflochtene Bastkörbe in den Händen trugen, aus denen sie Hunderte von kleinen Plastikbällen hier und da auf die Wiese entleerten, bis sich ein kunterbuntes Muster abzeichnete. Empört aufstöhnend und wie die Wilden stürzten sich daraufhin die Patienten auf ein Zeichen des Egalisators auf die Bälle und ordneten sie zu Zehnerformationen, fanatisch und entsetzt mit den Augen funkelnd. Einigermaßen befriedigt schauten sie erst drein, nachdem es ihnen gelungen war, schöne Gebilde herzustellen: Der eine baute eine Pyramide, ein anderer schrieb den Schriftzug „MEERESZORN" mit lauter gleichfarbigen Bällen. Ein dritter, ein echter Künstler, jonglierte gar mit zehn Bällen, was ihm spontan den Applaus des gesamten Pflegepersonals eintrug, einschließlich des Egalisators.
Betroffen schaute ich eher an der närrischen Szenerie vorbei, was er sogleich merkte und mich daher lächelnd ermunterte: „Klatschen bitte auch Sie, lieber Freund, die Patienten merken es, wenn man nicht applaudiert und dann sind sie ratlos und verwirrt, sie glauben dann, sie haben was falsch gemacht, und das wollen wir doch vermeiden, nicht wahr?", sagte er sanft und legte mir liebevoll einen Arm auf die Schulter.
Wieder sah er mich schräg an; seine Miene war völlig beherrscht.
„Nein, das wollen wir eigentlich nicht vermeiden!", meinte ich feindselig und streng, doch da bemerkte

ich tatsächlich ein junges Mädchen, das, als es mich anblickte, schlagartig sein Lächeln aus seinem hübschen Gesicht verlor und verstört in der Gegend umherblickte, eine versteinerte Miene aufsetzte, als es sah, dass ich nicht klatschte. Plötzlich schien es keinerlei Interesse mehr daran zu haben, seine aus zehn Bällen aneinander gereihte „Perlenkette" stolz zu präsentieren, was mich so traurig stimmte, dass ich umgehend zu klatschen anfing. Ich lief zu ihr hin und belobigte sie in meinen schönsten Zehnwortsätzen, dem Egalisator aber warf ich heimlich einen erzürnten Blick zu. Doch sein Gesicht blieb unbewegt.
Umgehend fand auch das Lächeln des Mädchens den Weg zurück zu seinem von neuem erstrahlenden Gesicht. Dankbar blickte mich der Egalisator jetzt dann doch an, ging auch zu dem Mädchen hin, streichelte ihr die Wangen und das Haar, sprach betulich einige sanfte Worte in ihr Ohr. Erbost entfernte ich mich so weit wie möglich aus seinem Blickfeld und trat wie ein Filmkomparse wieder in den Hintergrund der Szene.

„Siehst du, liebe Annamarina, der Fremde ist doch ein liebenswerter Mensch ... Obwohl er sich mit unseren Sitten noch nicht so auskennt ... Nett von ihm, dass er deine schöne Perlenkette so lobt ..."
So sprach der große Egalisator sanft wie ein Pastor zu ihr, es fehlten nur noch die Schäfchen auf der saftigen Wiese. Doch was sage ich da; diese waren ja bereits da. Annamarina jauchzte und lachte fröhlich und machte Luftsprünge. Es ärgerte mich, dass sie nicht erkannte, auf welch infame Weise sie vorgeführt wurde.

Der Egalisator gab mir ein Zeichen mit der Hand, was eindeutig heißen sollte, ich solle vortreten. Was ich gegen meinen Willen umgehend tat, Annamarina zuliebe. Doch ging ich nicht zu ihm, sondern änderte im letzten Augenblick die Richtung und trat wieder zu Annamarina. Ich hoffte damit, den Egalisator zu brüskieren. Ich küsste sie auf die Stirn.

Alle Patienten schauten befremdet und verwundert.

Ich lächelte böse.

„Ja, was haben wir denn da, meine liebe, kleine Annamarina?", sagte ich traurig.

Sie schaute mich verständnislos an.

„Ich finde, diese alberne Perlenkette ist deiner doch nicht würdig", sagte ich entschlossen und riss sie ihr spontan aus der Hand. Dann löste ich gewaltsam die kleinen Bälle voneinander und warf sie in hohem Bogen weit fort. Annamarina stieß einen furchtsamen Schrei aus, alle anderen Patienten stöhnten entsetzt auf.

„Nein, meine kleine Annamarina hat da doch etwas Besseres verdient!", rief ich hurtig und holte die Kette mit dem Heiligen Kreuz aus der Brusttasche und legte sie ihr um den Hals. Schon wimmerte sie beträchtlich leiser. „Ist ja schon gut, Mädchen, alles wird wieder gut", sagte ich sanft und streichelte beschwichtigend ihre Wange.

Dann küsste ich sie wieder auf die Stirn. Daraufhin gab ich ihr eine Ohrfeige. Das Volk schrie wieder Unverständliches.

Ein schräger Seitenblick auf den fast neben mir stehenden Egalisator beglückte mich mit der Genugtuung, sein blödes Honigkuchenpferdgrinsen endlich aus seinem saublöden, würdigen Gesicht vertrieben zu haben: Statt dessen loderten darin zu meiner Freude nun die hellsten Flammen des Zorns in seinen Augen, und finsterste Rachegelüste.

Ich lachte heiter. „Ja, was ist denn, Euer Zehnwortwürden? Hat der gute Zehnwortonkel am Ende doch noch das „zweite Gesicht?", fragte ich grinsend. Annamarina weinte und lief schreiend davon. Es tat mir im Herzen weh, aber ich konnte ihr das unwürdige Schauspiel einfach nicht ersparen.

„Aber was sehe ich da? Dieses zweite Gesicht ist ja gar nicht mehr so freundlich wie das erste? Was glaubt ihr, liebe Patienten, was mit dem guten Egalisator hier passiert ist?", fragte ich laut und drehte mich zu den Angesprochenen um. Angst und Verwirrung sprach aus ihren ratlosen Mienen, sie zeigten Abneigung gegen mein unerklärliches Tun, indem sie abwehrend mit den Händen fuchtelten. „Ein bisschen Haltung bitte, meine Herrschaften!", bat ich mir energisch aus, „der gute Zehnwortonkel hier ist ja noch da, um euch zu trösten, oder mag er nicht mehr?", reizte ich den Egalisator, der drohend auf mich zukam.

Ich wich ihm aus und rannte zu den Patienten. Besonders den freundlichen Herrn, der den Meereszorn-Schriftzug mit den bunten Bällen gelegt hatte, fasste ich streng ins Auge. Während ich kampfeslustig die Pyramide des einen Unglücklichen mit dem Fuß zerstampfte, drohte ich dem Meereszorn-Fan wortmächtig aus dem Hintergrund. Als ich mit dem Zerstörungswerk fertig war, nötigte ich den Verängstigten, indem ich ihn am Hals zerrte: „Los, kaputtmachen, den ganzen Mist, wird´s bald?"

Weil ich noch strenger blickte als der Egalisator, gehorchte der Mann schließlich vor lauter Furcht, und trat den Schriftzug auseinander. Durch Schreien, Brüllen und Toben erreichte ich es schließlich, dass die Patienten von sich aus ihre Zehnwortwerke zerstörten, sogar mit Ärger, Hass und Aggression alles zum Einsturz brachten, was sie liebevoll aufgebaut. Darüber frohlockte ich wie ein Blöder, vielleicht, weil ich auch solch einer war.

Triumphierend gewahrte ich den finsteren Gesichtsausdruck des sinistren Egalisators.

„Na, Euer Ex-Zehnwort-Lord, wie es ausschaut, können Sie Ihren Zehnwortladen mangels Kundschaft wohl in Bälde schließen", frotzelte ich in mokantem Tonfall, den ich so sehr an mir liebte, holte geschwind ein Kruzifix aus meiner Tasche und hielt es dem unwürdigen Egalisator entgegen, um ihn mit einem Bannfluch zu belegen.

„Vade retro, Dracula, du Fürst der Zehnwort-Finsternis, auf dass deine Opfer für immer erlöst werden mögen von deinem schändlichen Treiben!", rief ich provokatorisch und sah ihm kühl in die Visage.

„Na, was ist? Zurück, weiche zurück, du Zehnwortsünder..."

Er aber fand das merkwürdigerweise so gar nicht komisch, der Angesprochene, denn er schnippte mit den Fingern, den langen, den hurtigen, den ruhelosen, das immerhin konnte er gut. Worauf sich die Patienten doch tatsächlich, die sich vorher in wilden, entfesselten Formationen gelümmelt hatten, wieder schlagartig in stille Bataillone des geordneten Gehorsams verwandelten. Es war einfach nicht zu fassen! Was hatte dieser seltsame Zehnwortmann doch für eine versteckte, hypnotische Macht! Er hatte meinen Willen gebrochen, meinen Aufstand niedergeschlagen, und das nur mit einer Geste. Respekt!

Der Egalisator, dessen entgleisende Gesichtszüge sich gerade noch rechtzeitig auf eine friedlichere, stillgelegte Nebenstrecke gerettet hatten, legte mir mit gelöster Miene eine freundschaftliche, väterliche Hand auf die Schulter, und sagte voller Harmonie: „Kommen Sie lieber Freund, was halten Sie davon, wenn ich Sie nun zurück ins Behandlungszimmer geleite? Ich finde wirklich, wir sollten uns noch ein wenig unterhalten, aber natürlich nur, wenn es Ihnen recht ist", sagte er untertänigst.
„Aber natürlich, gerne, jetzt wo wir uns gerade so gut verstehen, da sollten wir wirklich davon profitieren", stimmte ich ihm aus vollem Herzen zu. Und wir schickten uns zum Gehen an.

Schon saßen wir wieder in den bequemen Sesseln des Empfangssalons. Jeder mit einem Drink in der Hand, als ich den entspannten Egalisator fragte: „Was passiert eigentlich mit den Zehnwortpatienten, die wir eben begutachtet haben? Werden sie je wieder entlassen in die Freiheit?"
Der verschlagene Egalisator lächelte hintergründig: „Die meisten von ihnen sicherlich, aber was heißt überhaupt „Freiheit"? Sie haben hier ja alle Freiheiten..."
Diese Antwort hatte ich erwartet.

„Typische Argumentation eines totalitären Regimes“, antwortete ich lächelnd. „Prost!“.
„Und jetzt interessiert es Sie natürlich, wer ich bin“, sagte ich entspannt.
„Ich weiß, wer Sie sind, und was Sie sind, ein neugieriger Eindringling mit unendlichem Wissensdurst“, sagte er schmunzelnd, „und sehr gefährlich – aber bestimmt nicht für lange Zeit...“
Ich blieb unbewegt. War das nicht richtig so?
„Aber bitte, nehmen Sie sich diese meine etwas drastische Charakterisierung nicht zu sehr zu Herzen“, bat er mich, inständig bemüht um mein Unwohl, „es kommt zwar nicht oft vor, dass ein Mensch von der Erde den Weg zu uns findet, aber wir stehen solch einem Phänomen keinesfalls hilflos gegenüber. Das heißt, wir mögen zwar in Ihren Augen rückschrittlich erscheinen, aber glauben Sie mir, wir sind trotzdem gegen alles gewappnet... Aber das alles werden Sie noch im weiteren Verlauf Ihrer Erkundigungen bei uns herausfinden...“
Behaglich lehnte sich der Egalisator in seinem Schaukelstuhl zurück, lauschte für einige Sekunden dem entspannenden Plätschern eines kleinen Springbrunnens vor der Tür, der lebhaft vor sich hinsprudelte, so als ginge ihn das alles gar nichts an.

Ich nippte an meinem Drink. Ich wusste schon immer, dass Suchen meine Bestimmung war. Die Suche nach der Wahrheit, dem Sinn des Lebens, die Suche nach diesem Planeten, die Suche nach dem Zehnwortsatz, die Suche nach seiner Bedeutung für das Leben dieses Planeten, usw.

Hatte ich bisher auf meinen Wanderungen lediglich Schrecken in kleinen Dosen verabreicht bekommen, so war ich doch nunmehr sehr bestürzt über meine jüngsten Erkenntnisse bezüglich der Behandlung der Zehnwortpatienten, was ich meinem Gastgeber auch ohne Scheu mitteilte.

Er nickte. „Ich sehe, Sie brennen auf eine Erklärung über Ziel und Zweck der Zehn-Wort-Gesellschaft und ersehnen Aufklärung über ihre unter- und übergeordneten Hierarchien", sprach der Egalisator, der sich behaglich in die Bedeutung seiner Wichtigkeit einlullte.

„Sehen Sie, ich beginne einfach mit einem ganz simplen Beispiel, Ihnen diese linguistische Ideologie zu erläutern", begann er, indem er sich auf einen zwanglosen Plauderton verlegte, „im Augenblick will ich Sie ja nicht mit trockenen, ideologischen Phrasen langweilen..."

„Früher waren die Menschen mit allen erdenklichen Erfindungen gesegnet, die ihnen von dem nimmer erlahmenden Fortschritt beschert worden waren, der ihnen einen immer höheren Lebensstandard ermöglichte. Das dachten sie jedenfalls zuerst. Keiner brauchte mehr viel zu arbeiten, aber der Planet wurde immer enger und enger durch die vielen Luxusbauten, in denen die Menschen ihre Freizeitaktivitäten in stets ungehemmterer Genusssucht auslebten: Auf Autobahnstrecken, Platz verschlingenden Tennishallenanlagen, auf Golfplätzen, usw.

Jedes Mal ging ein Stückchen Erde verloren, die Menschheit platzte aus den Nähten, aber trotzdem wurden sie immer einsamer. Niemand dagegen ist einsam bei uns, seit es das staatlich verordnete Zehn-

Personen-Zusammensein gibt, das jeden Tag neu aufgeschlüsselt wird. Das heißt, wo zehn Personen ständig in wechselnden Gruppierungen zusammen sind, und sich ausdauernd miteinander beschäftigen, da kann es keine Einsamkeit geben, die früher nur zu trüben Gedanken und gesellschaftsschädigenden, kriminellen Handlungen geführt hat. Und damit wären wir beim zweiten Punkt: Ihre alte Welt strotzte vor lauter kriminellen Bandenbildungen, die alle miteinander konkurrierten, erpressten, mordeten, sich gegenseitig auslöschten, den Planeten ausbeuteten, Angst und Schrecken über die Menschheit brachten, indem sie Atommüll verschoben, das Grundwasser verseuchten, und sämtliche Ressourcen der Erde rücksichtslos verbrauchten, bis beinahe eine globale Umweltkatastrophe eintrat. Keiner war mehr seines Lebens sicher durch das Übermaß an Verbrechen, deren die Polizei an keinem Ort der Welt mehr Herr werden konnte.

Das Endprodukt dieser Fehlplanungen kennen Sie von Ihrer Erde: Bildung militanter Bürgerwehren, die von den Einwohnern zu ihrem Schutz bestallt und bezahlt wurden. Die es aber bald einträglicher fanden, sich gegen ihre Dienstherren zu wenden, um sie ihrer gesamten Habe mit Waffengewalt, Mord und Totschlag zu berauben. Der ganze Planet verwilderte, verrohte, kein Gesetz regierte mehr die Straßen, auf ihnen regierte der Terror. Alle friedfertigen Bürger waren ihrerseits gezwungen, sich irgendwelchen Banden anzuschließen, bis auch sie zu blindwütigen Killern wurden, weil sie sich das nackte Überleben sichern mussten. Immer größer wurde das Dickicht der Gesetzlosigkeit, es herrschte die totale Anarchie. Bildung und Schule verrohten, es gab einfach keine geordnete oder ordnende Instanz mehr.

Schließlich lebte fast jeder Einzelne hinter seiner eigenen Verbarrikadierung der Angst, jeden Augenblick den tödlichen Streich von außerhalb erwartend..."

Der Egalisator seufzte.

„Dies ist nur ein winziger Teil der Übel, die ich Ihnen aufgezählt habe. Bei uns ist das anders: Sind jeweils nur zehn Personen an einem Ort zusammen, kann es so gut wie nie zu kriminellen Bandenbildungen kommen, denn auch diese Personen werden täglich untereinander ausgetauscht, werden durch Dauerberieselung aus versteckten Lautsprechern zum sittlich Guten angehalten. In ihnen kann erst gar nicht der Wunsch aufkeimen, etwas Gesetzwidriges zu tun, denn sie haben alles, was sie brauchen und leben in landschaftlich unverdorbener Natur. Die Technik, die die Menschen aggressiv machen könnte, fehlt fast völlig, wie Sie ja schon bemerkt haben dürften. Wer den ganzen Tag damit beschäftigt ist, öffentlich Zehnwortsätze mental auszubrüten und zu formulieren, hat kaum Zeit, gleichzeitig Verbrechen auszubrüten..."

„Warum dann aber die „Zentralbehandlungsstelle für Wortgeschädigte?", wandte ich ein.

„Was haben sich denn die Zehnwortpatienten zuschulden kommen lassen?", fragte ich.

„Die haben ja offensichtlich doch irgendwelche Verbrechen begangen?", deklamierte ich schadenfroh.

„Ein paar schwarze Schafe gibt es überall", parierte der Egalisator meinen Einwand, „doch dazu kommen wir ein andermal. Was es für Sie zunächst zu begreifen gilt, ist der Aufbau unserer Gesellschaft nach einem kompletten Zehnwortsystem, und zwar in allen Lebenslagen..."

„Zehnwortdiktatur" scheint mir der Begriff zu sein, der hier eher angebracht ist!", wandte ich kritisch ein.

„Zehnwortdiktatur in allen Lebenslügen, Herr Zehnwortdiktator!", präzisierte ich hämisch.

„Aber begreifen Sie denn nicht den wunderbaren gesellschaftlichen und polizeilichen Nutzen, den dieses Zehnwortsystem unseren Menschen bringt?", erwiderte mein Gastgeber leidenschaftlich, heftig, schwer atmend und mit feuchten, glänzenden Augen. Schwitzend redete er sich in eine Art Verzückung, beinahe Ekstase hinein. „Gut, ich gebe ja zu, dass wir das Konzept mit der genormten Sprache einem alten, irdischen Roman entnommen haben, und zwar George Orwells „1984", aber unser System verbreitet nicht den alltäglichen, allgegenwärtigen Schrecken, sondern gelobt Gleichförmigkeit und Friedfertigkeit. Wer nur Sätze sprechen darf, die nicht mehr als zehn Worte enthalten, wird auch nie imstande sein, eine überzeugende Kampfschrift zu verfassen, die zum Umsturz, zur Gewalt, oder zur allgemeinen Kriminalität aufruft, ohne unglaubwürdig oder lächerlich zu wirken", erklärte mir der Egalisator, mit Händen und Füßen redend.

„Genauso verhält es sich mit allen öffentlichen Reden, die er im Zehn-Wort-Rhythmus halten müsste, derjenige, der eine Verschwörung, oder ein Attentat, oder sonstiges Verbrechen plante, verstehen Sie? Nie würde er anders als lächerlich wirken, der vermeintliche Weltverbesserer, oder Aufwiegler, oder gar Terrorist, denn auch sein Geist ist von klein auf darauf genormt, die Zehn-Wort-Sprechweise nur als Inhalt von sittlich Gutem, Friedfertigem zu begreifen. Sollte in ihm dennoch eine Neigung zu verbrecherischen Trieben bestehen, und sollte unser Krimineller dann versuchen, sie mittels der Zehnwortrede umzusetzen, dann muss er bei seinen Zuhörern ganz einfach scheitern, weil die Zehnwortnorm ihnen verbietet, das ketzerische Gedankengut in ihren Hirnen zu verarbeiten. Das gilt für öffentliche, sowie private Versammlungen".

„Der Kriminelle könnte seine finsteren Pläne oder verbrecherischen Mordtaten aber auch in ganz normaler, herkömmlicher Sprechmanier in Vielwortsätzen, will ich mal sagen, an den Mann bringen, unser verehrter Herr Verschwörer oder Verbrecher", wandte ich grinsend ein.
„Kaum möglich", belehrte mich mein Gastgeber, „jedes Gehirn ist von Geburt an so gepolt und genormt vom mechanischen Egalisator, dass es zu keiner anderen Sprechweise fähig ist als derer des Zehnwortsatzes. Und selbst wenn einer mal hier und da aus der Sprachnorm ausbricht, dann nicht mit dem Zweck, Böses tun zu wollen oder Verbrechen auszuhecken. Ehe es dazu kommen könnte, behandeln wir solche verdächtigen Personen vorsorglich hier in unserem Institut. Denn spricht jemand erst einmal in freier, eigener Wortwahl, dann könnte er natürlich auf Dauer für uns gefährlich werden, aber dazu ist es fast nie gekommen in den hundert Jahren unserer

Existenz, weil wir einfach prophylaktisch sehr fürsorglich sind."

„Das heißt, wenn einer bei Ihnen mit mehr oder weniger als zehn Bällen spielt, oder weniger als zehn Laternen vor seinem Häuschen hat, dann ist er automatisch ein Staatsfeind, ein Asozialer, oder ein Verrückter, der behandelt werden muss?", fragte ich trocken, mit inzwischen verfinsterter Miene.

Da neigte sich mein Gastgeber sanft zu mir hin:

„Ich fürchte, ich werde doch noch eine ganze Menge Zeit in Sie investieren müssen, bevor Sie ein echter Zehnwortsatzling werden", meinte er lakonisch. Er lachte und drohte mir humorvoll, schelmisch und gutmütig mit dem Finger.

„Ja, ja, ich weiß schon: Alles, was ich sage, kann von jetzt an gegen mich verwendet werden, wenn ich mir keinen Zehnwort-Anwalt nehme, aber ich vermute natürlich, dass Sie solche Kleinigkeiten auf diesem Mini-Planeten nicht haben", leierte ich herunter.

Trotzdem beschloss ich, meinen Gastgeber noch eine Idee weiter herauszufordern.

Damit die Atmosphäre dennoch einen Hauch entspannter wirken sollte, zwang ich mich zu einem hauchdünnen Lächeln.

Gedankenlos plauderten wir noch eine Weile ins Blaue hinein, mein Gastgeber und ich, wobei ich keinerlei gesellschaftlich relevante Frage mehr anschnitt, denn mein Gegenüber hatte ja augenscheinlich zu allen Fragen eine vorgefasste Meinung, auf die er eingeschworen war, und von der er sowieso nicht abzubringen war.

Was nutzte es mir, weitere Kritik anzumelden, wenn ich noch zu wenig über die gesellschaftlichen Hintergründe wusste, warum die Menschen das geworden sind, was sie waren. Nein, ich musste wieder hinaus in die Wildnis,

mich noch mehr informieren...

Aber würde man mich je wieder frei umherstreifen lassen?

Ich bedankte mich beim Egalisator für seine Gastfreundschaft und wollte schon die wilde, unkontrollierte Flucht aus dem schrecklichen Sprachentstellungsinstitut antreten, da fiel mir noch was ein.

„Übrigens: Wann werde ich Tamara Hopes Bekanntschaft machen können?"

Die Frage schien ihn nicht zu überraschen.

„Der Planet ist sehr klein", begann er gütlich, „irgendwann werden Sie an seine Grenzen stoßen, und auch an Ihre eigenen; da ist es dann beinahe unausweichlich, dass Sie auch auf Tamara Hope treffen werden", antwortete er kryptisch und verrätselt.

„Und Genosse Meereszorn?" Meine Neugierde!

„Ist für Sie absolut tabu!", erwiderte der Egalisator.

Ich verstand.

Es wäre eigentlich Zeit, jetzt aufzubrechen. Zu neuen Ufern. Egal wohin. Egal wohin? Vielleicht. Vielleicht auch nicht.

Aber würde man mich auch gehen lassen?

Oder würde ich mich gehen lassen?

Die erste Etappe meiner Lehrzeit war hiermit für mich beendet.

Auf einmal geleitete mich der freundliche Zehn-Wort-Wächter sanft durch das Hauptportal des Zentralbehandlungsinstituts für Wortgeschädigte hinaus. Man sollte es nicht für möglich halten. Bestimmt war das eine vorbereitete Falle, und man würde mich jetzt irgendwo festsetzen. Bestimmt in einem unzugänglichen Verlies im hintersten Winkel des Gewaltverbildungsinstituts. Ich zitterte am ganzen Körper und eine unbeschreibliche Angst durchflutete mich.

Aber nein!

Ich wurde mit einem freundlichen Wink vom Zehnwortmann verabschiedet, ich tat desgleichen. Natürlich würden sie mich weiterhin heimlich beobachten.

Sicherlich war ich ein interessantes Versuchskaninchen für die Meereszornigen, und fliehen und mich auf Dauer erfolgreich verstecken konnte ich mich auf diesem kleinen Planetoiden eh nicht.

4. KAPITEL: EIN VERBÜNDETER? ODER: DER RETTENDE WEG NACH AKIREMA

Wieder stolperte ich mit meinem Koffer hinaus in die liebliche Landschaft, vorbei an Mühlen, Scheunen, kleinen Gehöften.

Ein Herrscher, der seine Untertanen durch völlige Zehn-Wort-Kontrolle zu Marionetten degradierte, überlegte ich, wo würde er sich verborgen halten? Wahrscheinlich in einem Schloss, irgendwo auf einsamer Bergeshöh´ verschanzt? So jedenfalls stellte ich mir das liebliche Panorama vor.

Ein großes, prächtiges Schloss, das zu diesem Gedankengang wie angegossen passte, erblickte ich kurze Zeit später tatsächlich in weiter Ferne auf dem Gipfel eines Berges.

Vielleicht war das tatsächlich die Wohnstätte von Meereszorn. Doch augenblicklich interessierte mich dies nicht sonderlich, wie ich zu meiner eigenen Überraschung feststellen musste. Zu viele Zweifel und Interessen wirbelten in meinem Kopf durcheinander, überlagerten sich, löschten sich gegenseitig aus.

Gestärkt durch ein opulentes Mahl kämpfte ich mich durch die unbekannte Landschaft. Ganz unerwartet wurde ich da in ein Gebüsch gezerrt.

Eine zerzauste Gestalt nahm mich in Empfang und stellte sich mir als Wortführer einer Gemeinschaft von Entrechteten vor. „Entwortete" nenne man das hier. Ich wurde ins dichte Unterholz geführt, wo die Gemeinschaft ihr Quartier bezogen hatte. Sie lebten in grob gezimmerten Holzhütten, wie die alten

Germanen. In der Mitte des Hüttenkreises ein großes Feuer, wo Frauen irgendein Süppchen kochten.

Man betrachtete mich mit mäßiger Neugierde, wandte sich dann sofort wieder seinen individuellen Beschäftigungen zu. Auch hier sprach man nicht im Zehnwortsatz, wie ich sogleich dem allgemeinen Stimmengewirr entnehmen konnte, von dem ich hier und da einige Brocken im Lauf aufschnappen konnte.

Über der Hütte des Anführers sah ich ein Schild, auf dem stand:

WILLKOMMEN IN AKIREMA

Hier machte ich Halt, und nun begannen auch die Mädchen des Urwalddorfes, sich neugierig um mich zu scharen.

„Was bedeutet denn dieses merkwürdige Wort?", fragte ich den Anführer.

„AKIREMA"?" Er lächelte leise, oder weise, je nachdem, wie man das auslegen mochte.

„Das ist ganz einfach das umgedrehte „AMERIKA", das letzte freie Paradies, das Land der unbegrenzten Möglichkeiten, oder der unmöglichen Begrenztheiten, wenn Sie so wollen", erklärte mir der Outcast, der sich selber auch als Nonkonformist oder „Zehnwortsünder" bezeichnete.

„Hierher sucht jeder Zuflucht, der in der genormten Zehn-Wort-Gesellschaft von Meereszorn keinen Platz mehr innehat", erläuterte mir ein Gefährte des Anführers.

Da hatte ich sie also gefunden, meine Oppositionsgruppe.

Obwohl ihnen offenbar gar nicht übermäßig viel nach Opposition zumute war.

„Und ihr werdet gar nicht überwacht?", fragte ich erstaunt. Mein neuer Gefährte schüttelte bedauernd den Kopf.

„Wir sind keiner Beobachtung mehr wert, denn wir sind der traurige Rückstand einer entworteten Gesellschaft", sagte er.

Der Anführer dieser Entworteten stellte sich mir als ehemaliger Philosophieprofessor der Universität von Zehneichen vor, wo er lange gelehrt hatte, bis er auf den Gedanken kam, eine eigene politische und gesellschaftliche Ideologie zu entwickeln. Als er dann auch noch anfing, eigene Wortschöpfungen zu erfinden, die nicht im obersten „Zehnwortbuch" standen, fiel er in Ungnade und wurde seiner Lehrtätigkeit entbunden. Die Zehnwortpolizei hatte nie so recht was mit ihm anfangen können, keine Zehn-Wort-Therapie hatte bei ihm anschlagen wollen. So ließ man ihn diese Abtrünnigenkolonie hier im Wald gründen, die als willkommenes Experiment für die Mächtigen gedacht war.

Hier fristete er mit einer Handvoll gleichgesinnter Gefährten das Leben eines fröhlichen Außenseiters, wie er sich auch bezeichnete.

„Aha, ihr seid also so eine Art Hippiekommune?", fragte ich fröhlich.

„Schon. Aber sehr hip sind wir leider nicht, wenn du dich mal umsiehst, Fremder", antwortete mir ein barfüßiges, langhaariges Mädchen mit Blümchenkleid und Blumen im Haar.

Wir alle lachten.

Wir alle versammelten uns um das Lagerfeuer, als ich meinen neuen Gastgebern von meinen Erlebnissen in der Zentralbehandlungsstelle für Wortgeschädigte berichtete.

„Dieses Institut ist gedacht als erste Lernstufe zum perfekten Zehnwortsatzling“, erklärte mir eine Frau mit Kennermiene. „Danach lassen sie einen erst mal frei, um zu beobachten, was man so macht“, ergänzte eine andere junge Frau.

Ich als der Fremde hatte in dieser Situation so etwas wie ein Aha-Erlebnis: Wir alle waren also Teilnehmer und Opfer eines Sprachexperiments. „Vielleicht handelt es sich dabei auch um ein Gesellschaftsexperiment“, führte der Philosoph aus. „Genau“, bestätigte ich, „denn immerhin lassen euch die Herrschenden genügend Freiraum, um zu beobachten, vielleicht auch heimlich wissenschaftlich auszuwerten, wie zwei Menschenkulturen unabhängig von ihren Gesetzen existieren und sich entwickeln“.

„Und was geschieht, wenn sie uns genug beobachtet haben?“, fragte ich.

Keiner der Entworteten wagte darauf eine Antwort zu geben, was ich da so leichtfertig aussprach.

Alle schwiegen für einen Augenblick.

„Und ihr lebt hier wirklich ganz nach eigenen Gesetzen?“, fragte ich beiläufig.

„Jawohl – besonders die freie Rede ist ein Kennzeichen unserer Unabhängigkeit nach außen“, sprach jemand, den ich zum ersten Mal sprechen hörte.

„In der Hauptstadt Zehnwortsatzingen ist die freie Rede besonders streng verboten“, erklärte mir der Dissidentenchef.

„Dort achten die Sprachwächter Meereszorns peinlich genau darauf, dass jeder korrekt im Zehn-Wort-Rhythmus spricht, denn das ist so etwas wie eine heilige Stadt, und der Zehn-Wort-Zyklus ist ein Bekenntnis, eine Art Ersatzreligion. Enthält ein Satz mehr als zehn Wörter, so macht sich der Sprecher strafbar und wird „zwangsbehandelt“.

„Es gibt auch eine Stadt, dort darf man sogar nur in Reimen sprechen“, sagte ein Mädchen, deren liebliche Stimme mich etwas an Tamara erinnerte, „doch es ist eine ganz kleine Stadt, „Reimlingen“ genannt, und niemand wird gezwungen, dort zu leben. Es ist eine reine Dichterstadt. Fast nur Schriftsteller lassen sich dort nieder, um sich für neue Werke und Dichtungen inspirieren zu lassen. Man darf diese Stadt nur mit einer besonderen Genehmigung besuchen, und nur unter Angabe von triftigen Gründen; schriftstellerischen Gründen meistens...“

Ich hörte meinen Gefährten aufmerksam zu.

„Meereszorn liebt solche Sprachexperimente über alles, darin ist er ein richtiger Fanatiker“, sprach ein weiterer meiner neuen Freunde. „Angeblich geistert er oft unerkannt, verkleidet unter uns herum, um unsere Sprache zu belauschen“.

„Aber – wozu dienen sie, diese Sprachexperimente, außer, um die Einwohner völlig gefügig und willenlos zu machen?“, fragte ich neugierig und eindringlich.

„Zunächst einmal, um jegliches kritisches Gedankengut auszumerzen, oder besser gesagt, gar nicht erst aufkommen zu lassen", belehrte mich der Berufsdissident, „denn wer in jedem Satz nur zehn Worte sprechen darf, ist gezwungen, seinen Geist derart restriktiv zu disziplinieren, dass er gar nicht mehr fähig ist, zusammenhängende, komplizierte Gedankengebilde zu entwerfen, die der Regierung irgendwie schaden könnten. Denn der Sprecher muss jeweils nach zehn Worten seinen Argumentationsvorgang kurz stoppen, um nachzudenken über den Inhalt des nächsten Zehnwortsatzes, sodass kein roter Faden entstehen kann, der die Argumentation flüssig durch viele, wertvolle Nebensätze führen würde, welche erst die Ausformulierung und Aufstellung einer eigenen Theorie ermöglichen würden. Einfacher ausgedrückt: Hauptsätze verdummen das Volk, und genau das ist beabsichtigt."

„Die Zehn-Wort-Barriere macht die meisten Menschen tatsächlich denkfaul und gefügig für Seine Exzellenz, den „Großen Meereszorn", der ja begreiflicherweise keinen Wert darauf legt, selbstdenkende und kritische Menschen heranzuziehen, die ihm irgendwann die Macht streitig machen könnten", erklärte mir der freundliche Philosoph.
Ich hörte derart gespannt dem Vortrag meines gelehrten Freundes zu, dass ich vergaß, von dem Essen zu nehmen, das die Mädchen mir inzwischen aufgetischt hatten.
„Manche Leute schweigen sogar schon seit Jahren, aus Faulheit, weil sie sich nicht anstrengen wollen,

einen korrekten Zehnwortsatz zu ersinnen", sagte eins der Mädchen zu mir. Ich lachte bitter.

„Und wie steht es um Meereszorn selber?", fragte ich aufgeregter als je zuvor, „wie sieht er eigentlich aus, wie alt ist er, euer großer Wortführer, wo wohnt er; ist er überhaupt ein Mensch, oder vielleicht gar eine Maschine?", fragte ich elektrisiert.

Bedauernd zuckte mein Gastgeber da die Schultern.

„Keine Ihrer Fragen kann ich beantworten, mein Freund, noch kann es irgendein Mensch hier; niemand hat ihn je gesehen, keiner kennt seine Stimme. Es gibt nicht mal ein Bild von ihm, oder eine Photographie, die auch nur andeutungsweise eine Vorstellung davon vermitteln könnte, was er ist, wie er ist. Er ist ein weißer Fleck auf der Landkarte. Für uns existiert er nur als körperloses Wesen, als geheimnisumwittertes Etwas, das nur aus zweiter Hand durch die allgegenwärtige Lautsprecherpropaganda präsent wird, die aus allen Richtungen zu uns strömt".

„Er ist unser Gott, der oberste Zehnwortwächter, und jeder Mensch, der den vorgeschriebenen Zehnwortzyklus einwandfrei beherrscht und anwendet, ist ein Teil von Meereszorn", deklamierte ein Mädchen vehement und voll von fanatischer Aufregung in der Stimme. Ihre Sprechweise verriet mir, dass dieses Mädchen trotz seines Außenseiterstatus noch teilweise unter dem Einfluss der propagandistischen Gehirnwäsche der Meereszornschen Gesellschaft stand. Alle blickten erschrocken wie gebannt zu ihr hin. Ihre Blicke ließen erkennen, dass sie einen Spitzel in ihr vermuteten, der sich in seinem Fanatismus verraten hatte. Mitunter war es aber nur die ideologische Konditionierung, die zeitweise noch derart perfekt in ihren Gehirnwindungen festsaß, dass dieses Mädchen noch immer solche Glaubensartikel von sich geben konnte, eventuell sogar musste.

Dies alles gab ich meinen Gefährten zu bedenken, ehe sie sich zu etwaigem, unkontrolliertem Handeln hinreißen ließen. Denn alle schienen irgendwie peinlich berührt, doch was schlimmer war: Ihr unabhängiger, friedlicher Status schien getroffen worden zu sein. Feindselige Ratlosigkeit in den Blicken der Gaffer hielt sich mit Mühe zurück, sich in Gewalt oder Vergeltung Bahn zu brechen.

Dieser neue, völlig unvermutet aufgetretene Umstand erfüllte mich mit tiefer Sorge und Beunruhigung.

„Wo sind eigentlich die Lautsprecher zur Indoktrinierung?"
Meine betretene Frage kam als Ablenkungsmanöver, doch kaum ausgesprochen, vermochte ich augenblicklich einen tieferen Sinn darin zu entdecken.
„Bei uns gibt es keine mehr, wir haben sie abmontiert, und das in einem größeren Umkreis. Ich habe ja gesagt, wir leben hier völlig frei, ohne fremde Einwirkung", sprach der Anführer, und sogleich löste sich wieder die starre Atmosphäre der Angst.
„Und die Menschen, die dauerhaft Verstöße gegen die Zehnwortnorm begehen, ich meine diejenigen, die sich um keinen Preis fügen wollen, die, die nicht reformierbar sind, was geschieht mit denen nun letztendlich?", fragte ich.

„Sie verschwinden irgendwo spurlos, wohin, weiß niemand", antwortete mir ein Mann aus der Gruppe. „Angeblich lässt man sie aber am Leben, es ginge ihnen gut, nur dürften sie sich nicht mehr innerhalb der Zehn-Wort-Gesellschaft blicken lassen, auch nicht bei uns im Außenseitercamp, sagt man", sprach der Philosoph.

„Sie leben in Zehnbuchen, nach eigenen Gesetzen", sprach das hysterische Mädchen von vorhin, nun schon viel ruhiger geworden.

Ich aber wollte noch einmal auf das merkwürdige Zehnwortsatzingen zurückkommen.

„Warum fungiert solch eine kleine Provinzstadt als Hauptstadt?", fragte ich neugierig.

„Weil Meereszorn glaubt, von dort aus das Volk durch straff gelenkte Führung besser unter Kontrolle zu haben".

Nach dieser Erklärung bot mir der Außenseiterchef selbstgebrannten Schnaps an, der in einer Geschmacksnuance zwischen Schmierseife und Kleister hin- und herpendelte, aber in Anbetracht der Umstände konnte man einfach nicht mehr verlangen.

„Wacht dort in Zehnwortsatzingen das oberste Zehnwortorgan über die Bürger?", fragte ich bohrend.

„Nein, das befindet sich angeblich in der schon erwähnten Dichterstadt, in Reimlingen", erwiderte der Philosoph, „aber es darf ja kaum jemand dort Einlass finden, und wenn einer von dieser Stadt zurückkehrt, muss er strengstes Stillschweigen über Struktur und Bewohner bewahren. In einem goldenen Tempel auf einem Hügel der Stadt soll sich dort der Standort des legendären „Zehn-Wort-Buches" befinden, das unser aller Zusammenleben regelt. Dieses Buch gibt das Regelwerk der Zehn-Wort-Strukturen vor, aller Sprachstrukturen, die existieren. Für uns ist es natürlich tabu. Es ist eine Art Nationalheiligtum. Alle auszuführenden Verhaltensweisen im Zehnertakt werden dort gebündelt; ein breites Spektrum gesellschaftlicher und intellektueller Verhaltensvarianten ist darin aufgespeichert. Die Skala reicht von Sprachnormen bis zu den abstrusesten parataktischen Denkkategorien. Aber all das kann auch Legende sein, es hat jedenfalls viel zur Legendenbildung beigetragen, weil so wenig Menschen Einsicht haben in diesen „Tempel der Vernunft".

„In dem Tempel soll auch ein Computer verborgen sein, der pausenlos sämtliche semantische, syntaktische, paradigmatische Zehn-Wort-Verbindungen- und Kombinationsmöglichkeiten durchrechnet und ausprobiert, auf gesellschaftlich nützlichen Inhalt und Aussagegehalt", ergänzte ein Gefährte des Aussteiger-Philosophen. „Doch er soll nur stundenweise funktionieren, weil wir so wenig Energie zur Verfügung haben, wir sind hier ja hermetisch isoliert von der übrigen Welt..."
„Und doch habt ihr einen Weltraumbahnhof, oder wie man das nennen mag", sagte ich, „zumindest eine Anlaufstelle für fremde Raumgleiter, die immerhin nicht daran gehindert werden, hier einzutrudeln, wenn wir uns dazu entschließen, unangekündigt hier bei euch zu landen", bemerkte ich rätselnd.
„Da täuschen Sie sich aber", widersprach das Mädchen, „manchmal wird die Landung auch

verwehrt, zuweilen lässt man Raumkapseln aber passieren, das hängt offenbar ganz von der Laune der Herrschenden ab, oder von der politischen Lage".

Das entspräche den Tatsachen, gab mir der Philosoph zu verstehen, den ich mit zweifelndem Blickkontakt um Bestätigung ersucht hatte.
„Wie werden Schiffe denn an der Landung gehindert?"
Meine Frage schien die Gruppe erwartet zu haben.
„Durch einen Strahlenabwehrgürtel, der keine Energie und Masse durchlässt", bekam ich zur Antwort.
„Aha", meinte ich ernüchtert. „Sagen Sie mal: Kriege scheint es hier nicht mehr zu geben?", fragte ich.
„Nein", bestätigte der Philosoph, „an ihre Statt sind die Zehnwortgefechte getreten, die wir allwöchentlich in Zehnwortdebatten ausfechten, die dann landesweit im Fernsehen übertragen werden".
Mir war es nun, darum zu wissen, worin der Sinngehalt solcher Debatten bestehe. Da erleuchtete mich der gelehrte Wortkenner, dass diese Debatten keine einheitliche Argumentationslinie einhielten, oder gar einen philosophischen Charakter hätten. Sie wären einzig und allein dazu bestimmt, die Aufmerksamkeit der Bevölkerung zu fesseln, und zwar auf ein dem Herrscher darzubringendes Huldigungszeremoniell, indem die Bürger während der Sendung an Meereszorn zu denken hätten, an seine Majestät, seine allgegenwärtige körperlose Wesenheit, die allumfassende Güte, durch die er sich ausdrückt, im Erteilen weiser Lehren, die das zwischenmenschliche Zusammenleben in nobler Art und Weise regeln. Denn die Leute bräuchten einen

staatlich verordneten Glaubenssatz, erläuterte mir der zerzauste Gelehrte zum x-ten Mal, ein ihnen tagtäglich auferlegtes Postulat, damit sie nicht vergessen, was gut für sie und die Gemeinschaft ist, die sich in keiner anderen Lebensform ausdrücken kann denn der strikten Befolgung des Zehnersystems, das ihnen Kraft und Mut verleiht. Die Zehnwortregel ist das Kommando, auf das hin der Mensch wie ein Hund kuscht. Führt er es zur Zufriedenheit seines Herren aus, bekommt er eine Belohnung. Die Menschen müssen einfach immer wieder daran erinnert werden, wem sie alles verdanken. Dabei ist es eigentlich völlig unwesentlich, was für ein Gesetz sie dazu befolgen müssen..."

Die Zehn-Wort-Regel als simples Lügengewebe, das dazu dient, die Bewohner gefügig zu machen, um ihre Spannkraft für den Herrscher Meereszorn aufrechtzuerhalten, überdachte ich mit mulmigem Gefühl die mir ausführlich geschilderte Argumentation. Nein, dahinter musste sich noch mehr verbergen, etwas Größeres, Geheimnisvolleres musste hinter diesem Prinzip stecken. Ich jedenfalls war davon überzeugt. Dass das Führer-Prinzip der Zehnwort-Regel einzig und allein dafür herhalten sollte, die Menschen zu versklaven, sie seelenlos und verblödet glücklich zu machen, sie sich ihrer Widerstandskraft nicht mal bewusst machte, mochte ja bis zu einem gewissen Grad zutreffen, aber ... Doch hier bei meinen Gefährten würde ich dieses Prinzip nicht aufspüren, dafür wussten sie selbst zu wenig; nein, ich musste ganz einfach weiter wandern, in andere Kanäle des Bewusstseins dieser Zehnwortigen eindringen, um den wahren Sinn des Zehnwortsatzes zu knacken, oder ... oder... ich würde sonst verrückt werden, uff!... Ich musste meinen Horizont erweitern und meine Sinne weiter schärfen, vielleicht an anderen Zehnwortgesetzen, die anderswo galten und angewandt wurden ... Diese meine kontemplative Haltung und meine inneren, unausgesprochenen Wünsche verspürte mein Gastgeber instinktiv. Worauf er mich zu einer letzten, privaten Unterweisung aus dem Kreis seiner Gefährten herausführte, um mich in einen an die Hütte angrenzenden, verwilderten kleinen Garten zu geleiten, dessen Inneres eine knorrige, alte Eiche beherbergte, unter der wir uns vorerst schweigend niederließen.

Dieses oberste Prinzip, das jeden Geist in allen täglichen Lebenssituationen in Zehnwort-Denkkategorien zwängt, galt es nun, für mich zu entschlüsseln. Und wer es wirklich entworfen hatte. Doch wohl kein Mensch, sondern eine Maschine, wie ich mutmaßte.
Wenn es aber doch eine Menschengruppe war? Eine Art ethische Kommission, die die Zehn-Wort-Prinzipien aufgestellt hatte? Vielleicht war es ursprünglich mehr als nur bloßer, roher Zwang, der hinter diesem System steckte, und Meereszorn hatte diese ursprünglich gutgemeinten Prinzipien später bloß pervertiert, verroht, zum Selbstzweck verfremdet und umgeformt, um seine egoistische Macht zu sichern?
Diese Gedanken vertraute ich meinem Gastgeber an.
Vielleicht verbarg sich hinter dem Zehn-Wort-Prinzip ursprünglich eine neue Philosophenschule, der Anfang

einer neuen Religion, die die Menschen unausgesetzt glücklich machen wollte? Ihnen den einzig möglichen Garten Eden bescheren wollte?

Eins stand fest: Die meisten Menschen bewegten sich wie traumwandlerisch auf diesem glücklichen Planeten, wo es jedermanns höchstes Bestreben war, sich selbst und seine Nächsten selig zu machen vermittels Wortneuschöpfungen, die jeder die Aufgabe hatte, unablässig neu zu ersinnen - zur Ehre Meereszorns und der Zementierung seiner wunderbaren Herrschaft.

Wortschöpfung als neues Prinzip der Lust! Das wäre ja mal was ganz Neues! Eine neue Art von geistigem Hedonismus hatte sich hier seine immerwährenden Bahnen geschaffen, in denen er seine geschlossenen Kreise zog. Wie nach der Lehre des Hedonismus das höchste ethische Prinzip das Streben nach Sinnenlust und Sinnesgenuss ist, wo das private Glück in der dauerhaften Erfüllung individueller physischer und psychischer Lust gesehen wird, so war hier das einzige Streben der Menschen ihre versuchte Vervollkommnung der Zehn-Wort-Lehre, die zur Vervollkommnung ihrer selbst gedeihen sollte, und natürlich ihres Schöpfers Meereszorn.

Dass sich die Wortschöpfer dabei selbst entarteten, bedachten sie nicht. Hier machte sich ein verhärteter, gesellschaftlicher Untertanengeist bemerkbar, der so borniert und weltentrückt war, dass er sich selbst entpersönlicht hatte. Das heißt, die Menschen hatten sich ihrer eigenen Persönlichkeit so weit entfremdet, dass sie längst außerstande waren, sich als eigenständige Persönlichkeiten wahrzunehmen. Eine Gesellschaft, die keiner anderen Empfindung mehr fähig war, außer der Lust auf Worte, die nichts bedeuteten, war zu der ärmsten Kategorie von menschlichen Wesen zu zählen. Diese Menschen hier waren ja nur noch Phantome, Wortsucher, leere Hüllen ihrer selbst.

Bald würde ich wieder aufbrechen müssen, um mit meiner inneren Suche fortzufahren. Was eigentlich würde ich suchen? Na ja, da gab es ja eigentlich Mehreres: Die Suche nach der Wahrheit, nach Tamara, dem Zehn-Wort-Buch in Reimlingen, Meereszorn, mein verschwundener Kollege...
Ich wusste ja schon immer: Ich bin ein ewig Suchender. Alles dieses Suchen wurde komprimiert in einer übergeordneten Suche nach dem ideologischen Überbau, der hier alle Geschicke leitete, und dessen esoterisches Prinzip mir immer noch nicht aufging.

5. KAPITEL: DIE ZEHN GEBOTE

Jetzt war ich zumindest teilweise im Bilde.

Kriege waren abgeschafft und die Aggressionen der Menschen in die berühmten Zehnwortsätze kanalisiert worden, die jeder in monotoner Litanei herunterzuleiern hatte. Der Zehn-Wort-Zyklus war die syntaktische und semantische Frucht völlig neuer Denkprozesse, die sich offenbar nur auf diesem Planeten herausgebildet hatten, und das erstaunlicherweise in so kurzer Zeit. Eben das war das Merkwürdige dabei: Wie konnte ein Volk, das erst etwas mehr als hundert Jahre ein Außenseiterdasein führte, derart schnell umgebildet werden, wo es hier doch so gut wie keine hypermoderne Technik wie auf der Erde gab?

Doch dies zu ergründen war im Augenblick zweitrangig. Wichtiger waren immer noch diese neuen Denkprozesse, die die Bevölkerung so bedingungslos lethargisch werden ließen. Die großen „Zehnwortwettbewerbe" wurden regelmäßig vom Fernsehen übertragen und bedeuteten für die Sieger Geld und Privilegien. Tamara Hope mit ihren Zehnwortliedern hielt die Bevölkerung zusätzlich auf patriotisch gesinntem Gleichheitskurs; auch sie (und leider sie im Besonderen) würde ich ausschalten müssen, um das seelische Gleichgewicht der versklavten Bevölkerung wiederherzustellen. Noch bevor ich sie persönlich kennen gelernt hatte, war sie schon zu meiner Gegnerin geworden. – Zu einem unter vielen Gegnern, denn da war ja vor allem noch Meereszorn, und der war bestimmt keine Kleinigkeit, nach allem, was die Menschen freiwillig in seinem Namen zu tun bereit waren.

Mit all diesen Informationen von meinen Gefährten aus „AKIREMA" versorgt, musste ich nun versuchen, Neuland zu gewinnen. Besonders schmerzlich stieß mir auf, dass es ausgerechnet Tamara war, die mit ihren süßen Schlummerliedern das menschliche Wertegefühl völlig durcheinander gebracht hatte. Unter dem Deckmantel einer hausbackenen Schlagersängerin übermittelte sie über Bild und Funk Werte, die selbst einen so hartgesottenen Kerl wie mich als Außenstehenden emotional völlig zu übermannen drohen, so wie sie mir vorhin im Wald beinahe für immer ihren Zehn-Wort-Stempel aufgedrückt hätte.
Aber vielleicht leistet die Süße diesen bombastischen Frondienst mitunter gar nicht freiwillig?, dachte ich mir in meinem Wunschdenken zum Trost.
Vielleicht wurde Tamara von den Mächtigen zu ihrem patriotischen Einsatz erpresst?
Wenn sie nun ein Druckmittel gegen sie in der Hand hatten?
Oder war das etwa nur eine synthetisch erzeugte Computerstimme, was ich da im Wald gehört hatte, dachte ich mit Schaudern.
War Tamara Hope eine Erfindung wie James Bond?

All diese beklemmenden Erinnerungen kamen mir augenblicklich wieder zu Bewusstsein, denn jetzt irrte ich wieder im Wald umher, und gerade begann Tamaras Engelsstimme erneut zu ertönen.

Ein Remake der Zehn-Wort-Indoktrinierung stand auf dem Programm.

Soviel war sicher. Ich umging sie, indem ich mir wie Odysseus die Ohren zustopfte, um dem Gesang der Sirenen zu entgehen.

Die neue Invasion der Zehn-Wort-Kaskaden war damit erst einmal abgeblockt, für mich jedenfalls. Lediglich einen dumpfen Schall als Nachhall des syntaktischen Bombardements vernahm ich durch meinen improvisierten Ohrenschutz.

Wie läuft das Denken dieser Menschen ab, dass sie so schnell so putzige Zehnwortsätze zustande bekommen? Dass sie es können, beweist allein schon, dass sie irgendwie auch mathematisch gesteuert sein müssen, automatisch auf jeden Fall. Aber was ist der letztendliche Auslöser dafür? Der Rätsel war kein Ende abzusehen, wahrlich!

Wie ich so durch den Wald stapfte, die Hände als unterstützende Schalldämpfung hart an die Ohren gepresst, da kam mir plötzlich ein Ordnungshüter entgegen. Stumm forderte er mich dazu auf, den Ohrenschutz abzunehmen, was er liebenswürdigerweise mit einer schwingenden Knüppelbewegung unterstrich, worauf ich dem Befehl sofort Folge leistete. Zu meiner eigenen Überraschung, muss ich sagen. Das erste, was ich hörte, war, dass augenblicklich die Zehnwortlieder verstummt waren. Der stumme Wortwächter händigte mir ein kleines, schwarzes Buch aus, das wie eine Bibel aussah. Ich nahm es wortlos in Empfang. Es war wohl auch so etwas wie eine Bibel, denn der Titel lautete überraschenderweise: „Die Zehn Gebote"-

Ausgabe für Ausländer. Und dann war da noch ein Untertitel: Zehnwortsatzingen und Umgebung.

Nachdem er es mir so wortkarg überreicht hatte, hielt ich das Buch noch eine Weile unschlüssig in den Händen, schlug dann den Einband auf und begann zu lesen, woraufhin sich der grimmige Wächter langsam zu entfernen begann.

Vielleicht war es so eine Art Reiseführer durch die Zehnwortlandschaft? Aus der Einleitung jedenfalls wurde ich nicht ohne Weiteres schlau.

Vielleicht gab mir das merkwürdige Machwerk Aufschluss über das Wesen der Zehnsätzler, obgleich ich mir nicht sicher war, dass sie so genannt werden wollten. Ich als Wissenschaftler benötigte ja allgemeingültige, empirische Gesetze, auf die die vielen gesellschaftlichen Veränderungen zurückgeführt werden konnten, die sich hier zugetragen hatten, denn so etwas konnte ja nicht ruckzuck geschehen sein.

Ich entdeckte viele, heitere Sprachmanipulationen in diesem famosen Buch, das ich mir auf einem Baumstumpf sitzend, zu Gemüte führte. Unter anderem das Phänomen der Agglutination. Das bedeutete Anfügung von Bildungselementen an das unverändert bleibende Wort, auch bei Eigennamen: Wenn zum Beispiel jemand unpassenderweise „Hans Rutz" hieß, weil der Name lediglich acht Buchstaben enthielt, dann war dieser Namensträger gezwungen, ein –er oder –en an seinen Nachnamen anzuhängen, sodass er zum Hans „Rutzer" oder „Rutzen" wurde.

Er konnte sich fortan aber auch ganz gerne „Hansi Rutzi" nennen, wenn ihm das beliebte. Hauptsache, die Zehner-Buchstaben-Kombination wurde eingehalten. Diese Beispiel habe ich aus dem Buch wortwörtlich referiert.

Andere, deren Namen überlang waren, also zum Beispiel „Klaus Hamersbacher" hießen, waren gezwungen, ihren Zunamen um ein Beträchtliches kürzen zu lassen: „Klaus Hamer" war ein mögliches, aber durchaus schon befriedigendes Endresultat.

Dass das Resultat jedoch nicht immer befriedigend in den Augen des zurechtgestutzten Namensträgers sein musste, zeigte folgendes Beispiel: Hermine Sautersbach, die hiesige Informationsministerin, mutierte zuerst zu „Hermine Sau". Dieser drastische Eingriff in die Persönlichkeit der Namensträgerin wäre der weiteren Förderung ihrer Karriere jedoch in keinster Weise hinderlich gewesen, wie der seltsame Schmöker treuherzig beteuerte. Doch schließlich zog die gestresste Ministerin es letzten Endes vor, sich lieber „Hermi Sauer" zu nennen. Bei weiteren Namensopfern wiederum fiel lediglich ein störender Endbuchstabe weg, zum Beispiel bei „Helmut Meier" das „r". Wenn er nicht zu „Helmut Meie" werden wollte, dann konnte er sich allerdings auch für die verkürzte Schreibweise „Helmut Meir" entscheiden.

In Fällen, wo es bei Weglassen des letzten Buchstabens im Nachnamen zu kakophonischen Dissonanzen

kommt, zum Beispiel bei „Horst Hirsch", da ist es auch erlaubt, den Anfangsbuchstaben des Nachnamens zu streichen, ganz im Sinne des Zehn-Buchstaben-Konservatismus: „Horst Hirsch" darf sich also fürderhin seiner tierischen Eigenschaften entledigen, indem er sich „Horst Irsch" nennen lässt.

Ach wie gut, dass ich nicht „Ernst Barsch" heiße, dachte ich bei dieser Gelegenheit und musste lachen.

Wie schon angesprochen, war ein restriktiv disziplinierter Geist durch Zehnwortkategorien in allen Lebenslagen ein unbedingtes Muss auf diesem Planeten. Sprachbereinigung im Sinne der Partei – welcher Partei eigentlich? Ach, natürlich, ein paar Zeilen weiter stand es ja in dem Buch: Der Zehnwortpartei natürlich.

Es waren aber auch Doppel-Zehnerkombinationen für Vor- und Zunamen autorisiert. Hieß einer „Zimmermann", konnte sein Vorname durchaus „Hans-Jürgen" lauten, sowie ja Meereszorn selber „Hans-Dieter" mit Vornamen hieß, wie ich erfuhr.

Den ganzen Schmöker zu lesen, danach stand mir jetzt nicht der Sinn. Ich blätterte jedoch etwas weiter. Weitere, politisch verordnete linguistische Restriktionsmaßnahmen ließen grüßen: Kein Fremder durfte länger als zehn Tage in „wildem, unorganisierten Satzbau" sprechen, stand da zu lesen, wo ich das Büchlein aufs Geratewohl aufgeschlagen hatte. Andernfalls riskierte er eine Ordnungsstrafe, dann eine Gefängnisstrafe oder die Ausweisung.

Auch hier wurde also pedantisch das Zehnersystem eingehalten. Als ich im Begriff war, das Buch in meine Jackentasche zu stecken, fiel ein beigefügter Zettel heraus, mir direkt vor die Füße. Aha, die Gebrauchsanweisung, sagte ich mir.

Als ich mich bückte und ihn aufhob, stellte ich fest, dass es sich tatsächlich um eine Art Anweisung handelte: „Wir bitten Sie, das zu lesen und unverzüglich auch einzuhalten". Jetzt also war der

Zeitpunkt gekommen, wo ich keine Narrenfreiheit mehr genießen durfte, nur die Rückkehr in das spartanisch eingerichtete Außenseitercamp blieb mir als Zuflucht, denn dort war eine Art rechtsfreier Raum für mich. Also zurück zu meinem Philosophen? Noch zögerte ich mit meiner Entscheidung, da lief ich auch schon los, immer ziellos voran, und doch voller Tatendrang.

Unterwegs überlegte ich mir, wie ich wohl die neue Unfreiheit verkraften würde, denn bisher hatte ich mich trotz vieler unerfreulicher Erlebnisse nie wirklich beengt gefühlt.

Warum das mir zugeschanzte Buch überhaupt „Die Zehn Gebote" hieß, war mir völlig unklar. Darin waren weitaus mehr Verhaltensmaßregeln verborgen als zehn. Ich konnte mir nur vorstellen, dass der Titel eine symbolische Bedeutung hatte.

Da gelangte ich wieder in bewohntes Gebiet. Direkt vor mir erhob sich eine langgestreckte, öde graue Mauer, an die diverse Personen mit Fäusten schlugen, dazu herzzerreißend klagten, leise stöhnten oder wimmerten. Manche, aber nur wenige leisteten sich sogar den Luxus, sie mit Füßen zu bearbeiten. Da ich mich nicht traute, die Mauergäste in ihrer stillen Andacht zu stören, indem ich nach dem Zweck ihrer Tätigkeiten fragte, aus bekannten Gründen, begreiflicherweise, entschloss ich mich geistesgegenwärtig, dazu mein Buch zu konsultieren, das mir auch sofort Aufschluss über diese neue Kuriosität gab, kaum, dass ich darin geblättert hatte.

Die Mauer trug nämlich folgende Aufschrift: „Zehnwortsatzinger Klagemauer für reuige

Zehnwortsünder". An diesem Bauwerk durfte sich jeder Bürger austoben, der sich mindere Wortverfehlungen hat zuschulden kommen lassen, und nun bereit war, das richtige, regelkonforme Sprechen und Akzentuieren zu erlernen und ausgiebig zu praktizieren. Hinter jedem Abbitte Leistenden stand ein stummer Wächter in rigider Haltung mit einer Peitsche in der Hand, die er jedes Mal dann auf sein demütiges Opfer niedersausen ließ, wenn es nicht schnell genug den korrekten, staatlich sanktionierten Satz zusammenbekam. Hatte der Sprecher sich dagegen ausgezeichnet bewährt, bekam er vom Wächter jedes Mal eine Leckerei gereicht, die er dann sofort aufessen durfte. Verweigerte er den sofortigen Verzehr, wurde das als Verrat an der Güte Meereszorns ausgelegt, worauf es unverzüglich neue Hiebe gab. Seltsam fasziniert und gleichzeitig abgestoßen näherte ich mich mit Schaudern der lärmigen Prozession, die sich durch mein Auftauchen nicht beeindrucken ließ. Brot und Spiele auf Zehnwortsatzisch!
Haha, das war eine gelungene Formulierung!

Ein unglücklicher Mann, der die Hände krampfhaft in die Mauerfugen verkrallt hielt, psalmodierte rhythmisch verklärt eine kuriose Litanei, die mit aufmerksamer Starre von dem hinter ihm lauernden Wachhund verfolgt wurde:

*ICH LIEBE MEINEN HERRSCHER
MEERESZORN,
DER MIR ALLES ERST ERKOR'N;*

SEINE WEISHEIT IST DES GLÜCKES UNTERPFAND –
HIER ÜBERALL IM LAND...

An dieser Stelle hielt der Unglückliche kurz inne, schnaufte bedenklich vor Anstrengung, wobei ihm der Schweiß in kleinen, streng riechenden Bächen den Nacken hinabströmte.

„Rezitiere weiter, du elender Miesling!", drohte der Wachhund knurrend, mit viel Peitschlust in der Stimme.

HIER UND HEUTE - FÜR ALLE ZEIT ...
BIN ICH BEREIT ...

„Zu was bist du bereit?", fragte der grimmige Quälgeist gespannt. „Sag´ schon!"
„Zu allem, was mir heilig ist,
Was meinen Meereszorn nicht verdrießt..."
bekam der Gepeinigte noch heraus.
„Pfui, das waren elf Worte, du Hund!", zischte der Henkersknecht hämisch und ließ sofort einen Peitschenhieb auf den unfreiwilligen Wortverdreher niederfahren. Die düstere Atmosphäre, die sich durch den Schrei des armen Opfers noch verstärkte, erinnerte mich an Don Juans Höllenfahrt.

„Und was ist das überhaupt für ein verquaster Reim, du Armleuchter?", näselte der Wächter des verlorenen Wortes schrill, „ich weiß doch, dass du´s besser kannst", grinste er blöde und fanatisch, und wieder sauste ein wohl gezielter Hieb nieder. Der Gepeitschte stöhnte, machte eine Denkpause, dann deklamierte er:

„Warum grollt mir Meereszorn, obwohl ich sein treuester Anhänger bin?“

Der Wächter atmete schwer und bewegte sich dumpf, animalisch gefühllos, aber dennoch hatte er die Grausamkeit eines Menschen. Vermeinte ich bis jetzt, mich in einem Käfig voller lustig-verschrobener Narren zu befinden, so wurde ich durch das soeben bezeugte Ereignis eines Besseren belehrt. Die große, bedrohliche Dimension, die unsichtbar latent über diesem Planeten schwebte, wurde nun immer deutlicher sichtbar.

Die Gewissensentscheidung, ob ich in diese Szene eingreifen sollte oder nicht, wurde mir durch zwei Uniformierte abgenommen, die mich plötzlich flankierten und anfingen, mich mit strengem Mienenspiel vom Schauplatz des Schreckens abzudrängen.

Sie mussten mir auch eine Droge verabreicht haben, denn als ich meine Umgebung wieder bewusst wahrnahm, befand ich mich alleine in einem Wald, ausgestreckt auf dem frischen Boden.

Mich, den närrischen Verfechter veralteter Anschauungen, den Don Quijote des Vielwortsatzes, hatte man wieder einmal großzügig davonkommen lassen. Ich kam mir vor wie Gulliver im Kampf gegen die Riesen. Doch wer war hier eigentlich der Riese, und wer der Zwerg? Ausgesetzt wie der Ritter von der Traurigen Gestalt nach einem verlorenen Kampf verharrte ich in unwürdiger Stellung, wobei mein verlorener Kampf ein verlorenes Wortgefecht war, obwohl ich kein Wort gesprochen hatte.

Bald aber würde ich mich in die Zitatenschlacht stürzen müssen, um nicht weiter unangenehm aufzufallen, und wenn ich Wert darauf legte, meinen relativ freien Beobachterstatus aufrechtzuerhalten. Ja, dachte ich mir, „Zitatenschlacht" war gar nicht schlecht ausgedrückt, denn womit konnte ich die Zehnwortsätze besser einüben als durch zehnwortige Zitate?

Es ist noch nicht aller Tage Abend. Das wäre eigentlich auch schon als schönes Zitat zu gebrauchen, dachte ich mir. Leider war es zu kurz für ein korrektes Zehn-Wort-Zitat. Aber man konnte es ja vielleicht noch ausschmücken, oder anderweitig strecken?

„Es braucht mitunter noch nicht aller Tage Abend zu sein"; wie wäre es denn damit, ihr edlen Zehn-Wort-Wächter?", brüllte ich fröhlich übermütig durch den dunklen Wald, als ich meine ziellose Wanderung wieder aufnahm.

„Zeit ist Geld und Geld regiert die Welt", rief ich fragend. Ha! Wieder daneben!

Außerdem glaubte ich mich mit einigem Recht in einer Gesellschaft zu befinden, in welcher der Begriff des Geldes nicht mehr existierte.

Da kam mir die Erleuchtung:

„Die kleinen Zehnwortsünder hängt man, die großen lässt man laufen!"

Das war endlich das Zitat, das ideal auf mich und meine Situation gemünzt war. Ich sagte es mehrere Male laut vor mich hin, damit es auch noch der versteckteste Lautsprecher aufzuschnappen imstande war. Offenbar lag ich richtig mit meiner Vermutung, denn ich hatte die Vision, dass sich aus allen Lautsprechern Applaus ergoss.

Aber das war allem Anschein nach doch wirklich nur eine Vision, denn schon hörte ich wieder die Vögel in den Zweigen zwitschern. Seltsam: Einen Augenblick lang glaubte ich, sie im Zehn-Wort-Rhythmus zwitschern zu hören. Dazu würde es eines Tages wahrscheinlich auch noch kommen.

Denn Vögel ahmen menschliche Stimmen und Geräusche nach. Vielleicht auch Geräuschfolgen?

Ich überlegte: Welches Zitat passte am besten zu dieser neuen Vision?

„DAS IST EIN SCHLECHTER VOGEL, DER DAS EIGENE NEST BESCHMUTZT!"

War das etwa ich gewesen?

Nein, so verwirrt war ich noch nicht, dass ich mich nicht mehr daran erinnern konnte, was ich von mir gegeben hatte, oder was ein anderer. Nein, diese klangvolle Anklage dröhnte eindeutig aus einer Vielzahl verborgener Lautsprecher auf mich nieder. Die Zehnwortgötter hatten also den Kampf eröffnet, die Zitatenschlacht konnte beginnen!

Mit dem „schlechten Vogel" war unzweideutig ich gemeint, und alle weiteren Erklärungen zu diesem Thema erübrigten sich. Warum aber sollte ich mein eigenes Nest beschmutzen? War dies etwa mein eigenes Nest, hier der Wald? Oder was war damit gemeint? Eine Möglichkeit war natürlich, dass diese Theorie implizierte, man wolle mich hier zu ausgedehnten Studienzwecken festhalten, und dann würde der Planet selbstverständlich zwangsläufig auch zu meinem „eigenen Nest" werden. Aber das war wohl zu weit hergeholt, übereilte Theorien überstürzten sich in meinem Kopf.

Jetzt begann massiv, etwas auf mich einzudröhnen, was man den „Zehnwort-Sprichwort-Terror" nennen könnte. Das erste Stichwort hatte ich bekommen, und ich hatte geantwortet. Meine unsichtbaren Gegner hatten wiederum mit einem Sprichwort geantwortet und so sollte es wohl weitergehen.

Nun war es an und für sich gar nicht mehr nötig, mich zwecks Indoktrination oder Zehnwortbehandlung ins Institut für Wortgeschädigte einzuliefern, weil meine Bewacher hier im Wald selber alle Möglichkeiten in der Hand hielten, mich in einen weiträumigen Kreis der Beobachtung zu bannen.

Würden mir die Sprichwörter einmal ausgehen, konnte ich mir damit behelfen, dass ich neue erfand.

Denn mit Sicherheit würden sie mich alle beobachten, auch mein alter Freund und Bekannter, der „Große Egalisator".

Weil mir wieder etwas schwindelig geworden war, setzte ich mich am Waldrand nieder. Kaskaden von Zehnwortsprichwörtern prasselten mit unverminderter Intensität auf mich ein, doch ich hörte sie nur noch als unbewusste Geräuschkulisse. Diesmal dürfte die Rechnung der Mächtigen nicht aufgehen, was meine Therapie anging. Sollte ich überhaupt einer der Ihrigen werden? Danach zu fragen, hatte natürlich keinen Sinn, sie würden mir doch nur das sagen, was sie für richtig hielten.

Ich musste wieder eingeschlafen sein, denn als ich erwachte, befand ich mich anscheinend doch wieder im Zentralinstitut für Wortbedeutung. Schläfrig verharrte ich auf einem Stuhl, an dem ich festgeschnallt war. Mir gegenüber ein mächtiges Elektronengehirn mit einem Schalltrichter als Mund, wenn man das mal so vermenschlicht ausgedrückt stehen lassen kann. Offenbar verfügten die Zehnwortsatzlinge doch über eine ausgefeiltere Technik, als sie mich glauben machen wollten, überlegte ich. Mit hypnotischer Suggestion drangen sie in das Bewusstsein anderer ein, siehe Lautsprecher und besonders geschulte Stimmen, bis sich der Zehnwortrhythmus nach umfassender geistiger Verwirrung der Opfer einen Weg in die Denkbahnen der Verwirrten gesucht hatte. Danach entwickelte die ganze Geschichte eine Art Eigendynamik, wobei die Beeinflussten nicht mehr zwischen Illusion und Wirklichkeit unterscheiden konnten und absolut willenlos waren.

Ich überlegte wieder. Was war hier eigentlich alles Illusion? Das gesamte Institut für Wortgeschädigte? War alles nur Tarnung für einen noch geheimeren Hintergrund, für Manipulationen noch weitaus finsterer Mächte, als die, welche hier am Werke waren, und die noch gar nicht sichtbar in Erscheinung getreten waren? Mein Besorgnis erregender Gedankengang brach ab, als die Maschine jäh zu blinken begann. Überall flackerten grelle Lichter auf. Vielleicht war das auch nur Show, um mich zu beeindrucken, mich nur weiter zu verwirren?

Die Maschine fing es schlau an: Nicht sie war es, die mit der Befragung begann.
Das wollte sie wohl mir überlassen.
Dies musste der mechanische Egalisator sein, von dem der große menschliche Egalisator vorhin gesprochen hatte.
Was erwartete man nun von mir?
Dass ich die Zitatenschlacht im Zehnworttakt fortsetzte?

Ich versuchte es mit einer Herausforderung der Maschine, da mir gerade ein passendes Zitat zu meiner Situation eingefallen war:

„In meinem Staate kann jeder nach seiner Fasson selig werden...“

Diesen Ausspruch des Alten Fritz wollte ich als Analogie zur Sprachfreiheit auf meinem eigenen Planeten verstanden wissen, aber würde die Maschine die Anspielung auch so verstehen, oder diejenigen, die dahinter standen? Ich war neugierig auf die Antwort. Wie würde die elektronische Abwehr dagegen kontern? Alles blieb still, der Apparat ließ sich Zeit mit der Antwort. Ich war neugierig, ob er mit einem irdischen Gegenzitat antworten würde oder ob er ein eigenes Gegenmittel hervorbrächte.
Mein Eröffnungszug war offenbar gut gewählt, so wollte es mir jedenfalls scheinen. Was ich auch an der Dauer der Verzögerung der Antwort abzulesen glaubte. Oder wollte er mich einfach hinhalten? Wollte man mich hier künstlich schmoren lassen? Unbehaglich zerrte ich an meinen unsichtbaren

Fesseln, doch es half nichts – meine Lage ließ sich dadurch nicht bequemer einrichten, im Gegenteil. Unentwegt sirrte und blinkte es aus der Maschine.
Kalt und beklemmend wirkte der dunkle Raum, durch den kein Schall nach außen drang und in dem ich eingesperrt war. Noch immer hatte ich keine Ahnung, wie dieser neue, schnelle Ortswechsel erfolgt war.

„Wir stehen für unser Land, wir stehen für unsere Sprache".

Dieses Bekenntnis kam eindeutig aus dem Elektronengehirn des mechanischen Egalisators.
Ich jedoch ließ mich nicht beeindrucken, und verwegen schleuderte ich meinem künstlichen Widersacher entgegen:

„Beim Sprechen ist das Wichtigste das, was man nicht ausspricht".

Das konnte nun zugegebenermaßen recht vieldeutig interpretiert werden, und genau das war es, was dem großen mechanischen Egalisator nun offenbar zu schaffen machte: Seine Speicher rechneten anscheinend alle Möglichkeiten durch, denn es pfiff, surrte und piepste. Eigentlich konnte die Maschine gar nicht anders, als meinen Spruch als Ärgernis aufzufassen, denn er implizierte ja, dass ich meine wahren Gedanken mit Absicht verbarg und mit der Maschine spielte, mit dem Zweck, sie zu verwirren.
Andererseits diskreditierte dieser Spruch wiederum automatisch alle Zehnwortsätze, wenn er deklamierte, dass beim Sprechen immer das das Wichtigste ist, was

unausgesprochen bleibt. Dann jedoch verteidigte sich
der Automat äußerst geschickt, indem er sagte:

**„Jede Sprache ist ein Behältnis der eigensten
Begriffe eines Volkes!"**

Dagegen ließ sich auf den ersten Blick tatsächlich
kein Einwand erheben, denn die Zehnwortsatzlinge
hatten ja wirklich einen eigenen, gar eigensinnigen
Begriff von dem Phänomen Sprache, den der
Computer hier stellvertretend für das Volk vertrat.

**„Nicht die Sprache ist tüchtig, sondern der darin
verborgene Geist!"**

konterte ich mit einer neuen Provokation. Und prompt
ließ die Maschine ein lautes Aufheulen vernehmen,
worauf sie mich zurechtwies:

**„Mit jeder neu gelernten Sprache erwirbst du eine
neue Seele".**

Aha! Das metallene Ungeheuer wollte mich auf diese
verklausulierte Weise wohl für die Zehn-Wort-
Sprechweise erwärmen!
Und was für eine neue Seele würde ich damit
erwerben!
Eine stumpfsinnige Zehnwortseele – nein danke!
Dagegen musste ich mich unbedingt wieder zur Wehr
setzen.

**„Ein Spruch aus Computers Mund selten tut die
Wahrheit kund!**

Das war nun sehr plump und dreist von mir, doch diesmal fackelte das Elektronengehirn nicht lange und schnarrte:

„Wer fremde Sprachen nicht kennt, weiß nichts von seiner eigenen!"

Das war nun wirklich die Höhe, ein sprachlicher Affront sonder Leichen vom Computer, es zu wagen, den Zehnwortsatz in den Status einer Sprache zu erheben!

„Der Tod macht alles gleich, er frisst arm und reich",

war das Einzige, was mir hierauf noch einfiel, was wohl bedeuten sollte, ich sei hier der Arme, ja, der arme Sünder, und das reiche Gegenstück dazu fände sich in Zehnwortsatzingen, wo jedermann so reich beschenkt wurde mit zehnwortlastigen Weisheiten. Doch auch dies musste ja irgendwann einmal mit dem Tod des Zehnwortsätzlers enden, was für ein schwacher Trost, was für eine billige Deduktion, ich gebe es ja zu! ...
Doch mein roboterhafter Freund holte alsbald zum nächsten Streich aus:

„Solange eine Sprache noch lebendig ist, ist keine Nation tot!"

Es war nicht zu fassen: Nicht mal durch den Tod ließ sich das metallene Ungetüm schrecken – immer fand es eine passende Gegenrede!

Ich wusste genau: Ich musste den intelligenten Computer vom Thema „Sprache" abbringen, denn da war er mir überlegen. Nur durch Logik und Raffinesse konnte ich ihn vielleicht zur Kapitulation zwingen, und dazu musste ich ihm Fragen stellen, die er nicht beantworten konnte; Fragen, die seine Leistungskapazität sprengten, seinen „Tod" bewirkten.

Und da wir ja schon einmal beim Thema „Tod" angelangt waren, beschloss ich, in dieser Richtung weiter zu bohren. Natürlich nur streng im Zehnwortsatz, denn ich hatte plötzlich festgestellt, dass die Maschine andere Satzfolgen gar nicht zuließ: auf einmal gab es nämlich jedes Mal einen Stromstoß für mich, wenn ich zu kurze oder zu lange Sätze probierte! Was besonders unangenehm für mich war, war, dass sich die Stromstärke mit der Anzahl der fehlerhaften Sätze jedes Mal steigerte.

Ich musste den Sprachautomaten an einem Punkt erwischen, wo Widersprüche auftreten würden, mit denen er nicht fertig werden konnte. Doch solche Richtung einzuschlagen, war gar nicht so einfach, zumal mir jeder Ansatzpunkt dafür fehlte. Ich probierte erst einmal, mit einem abgewandelten Bibelzitat in dem Zehnwortnebel herumzustochern:

„Tod, wo ist dein Stachel – Zehnworthölle, wo ist dein Sieg?"

Wenn ich richtig kombiniert hatte, würde der überdimensionale, völlig antiquierte Blechkasten nun das Stichwort „Sieg" aufgreifen, da es den Computer bestimmt danach gelüsten würde, vom letztendlichen Sieg des Zehnwortsystems zu prahlen.

„Den Sieg erringt derjenige, der bis zuletzt dem Zehnwortsatz huldigt".

Kein Zweifel – ich hatte es mit einer Maschine zu tun, die um jeden Preis den Fanatiker hervorkehren wollte. Ich drehte mich in meinen Fesseln. Umsonst. Und wenn ich es mal mit etwas anderem probieren würde? Humor? Unsinn? – Ja, Unsinnssätze wären vielleicht eine Möglichkeit.
Um den Zehnwortrhythmus zu zerstören!
Ich sprach wild darauf los, ließ sämtliche bizarren Sprachgebilde vom Stapel, die mir einfielen. Tatsächlich wimmerte der Computer bald, quittierte alles mit seltsamen Stöhnlauten.
Dann machte mich die Maschine plötzlich darauf aufmerksam, ich solle nicht vergessen, dass sie der verlängerte Arm des Rechts sei, natürlich mithilfe eines Zehn-Wort-Sprichwortes, das ich nicht kannte. Ich versuchte, ihre Symbolik zu durchkreuzen, indem ich mit Unsinn antwortete:

Der Arm leuchtet so lange, bis ein Armleuchter daraus wird.

Der Automat schien das Wortspiel verstanden zu haben, obwohl es doch reiner Nonsens war, denn viele der blinkenden Lämpchen erloschen spontan mit lautem Zischen.

„Lasst euch nicht verzehnworten, weder hier noch an anderen Orten“,

schob ich noch rasch nach. Die Litanei, mal sinnig, mal unsinnig, ging noch eine ganze Weile so weiter, und zwar auf beiden Seiten, zwischen mir und meinem mechanischen Kontrahenten. Wir prügelten uns mit Worten, Zitaten, Halbweisheiten, verstümmelten Sprichwörtern, Ausrufen, und vielem mehr. Dann muss ich eingeschlafen sein, denn ich konnte mich an nichts Weiteres mehr erinnern.

Ob die Maschine am Ende wirklich ihren Geist aufgegeben hatte, entzog sich meiner Kenntnis. Ich wachte nämlich wieder im Wald auf. Dasselbe Spiel also noch mal von vorn? Und was nun? Zurück zum Philosophen?

Ich überlegte, ob das nicht die beste Lösung wäre, für den Augenblick jedenfalls. Und was, wenn sein Außenseitercamp auch nur ein gigantischer Schwindel wäre, ein extra für mich aufgezogenes Blendwerk, von den Herrschern geschickt in Szene gesetzt, um mich zu narren, mir auf spielerische Weise Informationen zu entlocken? Mit lauter gewieften, linientreuen Schauspielern?

So schwach fühlte ich mich, dass ich mich zunächst nur kriechend vorwärts bewegen konnte. Wenigstens schien ich in die richtige Richtung zu kriechen, so glaubte ich zumindest, weil ich vermeinte, bestimmte

Baumgruppen wiederzuerkennen, die mir schon damals den Weg ins Camp wiesen.

Da kamen mir einige Gestalten entgegen, ich glaubte, es waren ihrer zehn. Sinnlos, sie um Hilfe zu bitten, sagte ich mir, keiner dieser willenlosen Gespenster würde mir in meinem entkräfteten Zustand beistehen. Doch da wurde ich überraschenderweise eines Besseren belehrt: Als sie mich sahen, liefen sie mir flink entgegen, halfen mir auf die Beine, gaben mir sogar was zu essen. Ich bedankte mich, hustete leicht, sodass mir etwas Käse vom Brot fiel. Sogar ein bisschen zu viel. Dann berichtete mir einer der Zehn euphorisch und mit hörbarem Stolz in der Stimme von seinen Lernerfolgen.

„Stellen Sie sich vor, ich habe ein neues Wort erfunden", wandte er sich mit einem beispiellosen Triumphgefühl an mich: „Es hat zu tun mit der unvergleichlichen Majestät Seiner Zehnwortsatzigkeit", führte er aus. Natürlich, dachte ich mir, womit sollte es denn sonst zu tun haben. Als ich mich seitlich etwas wegdrehte, um ein kleines Fläschchen mit einem Erfrischungsgetränk dankbar von einem seiner Kameraden entgegenzunehmen, fasste mich ein Dritter aus der fanatischen Meereszorn-Gruppe am Arm und sagte mit leuchtenden Augen: „Es handelt sich um die „Zehnwortwendigkeit", die wir erfunden haben", sprach er.

Als er sah, dass ich unsicher herumtappte, Anstalten machte, mich von ihm zu lösen, weil mich das, was er mir ausführlicher erklären wollte, nicht sonderlich interessierte, nahm sein Gesicht einen enttäuschten Ausdruck an.

„Interessiert es Sie denn gar nicht, was das Wort bedeutet?", fragte er verbittert.

„Zehnwortwertigkeit", ... ja, ein hübsches Wort, das Sie da erfunden haben", lallte ich benommen von dem Drink, da wandte sich wieder ein anderer seiner Gefährten an mich: „Ich bin jetzt schon seit drei Tagen in derselben Gruppe". Ich sah ihn an, er machte eine kurze Pause, fuhr dann fort: „Es sind so liebenswerte Gefährten, schade, dass wir auseinandergehen müssen..."

Ein anderer drehte mich zu sich herum und fragte: „In welche Gruppe wird man Sie als Fremder einreihen, Kamerad?" Dann fügte er, ehe ich antworten konnte, noch hinzu: „Wie wird Ihr zukünftiger Status hier auf unserem Planeten sein?" – „Sagen Sie uns bitte, wie die Sprachregelung der Erde aussieht" ... Dutzende solcher Fragen prasselten auf mich ein.

Ich wehrte die Leute ab, so gut es mir möglich war.

„Meine Herrschaften, ich kann im Augenblick keine Ihrer Fragen beantworten", sagte ich beschwichtigend in die enttäuschten Gesichter hinein, die sich aber sofort wieder aufhellten, als Ihnen neue Fragen einfielen.

„Wie ist es Ihnen gelungen, so schnell verzehnwortiert zu werden?", war eine davon. Jetzt immerhin nahm man endlich Notiz von mir, allerdings waren diese Menschen so fanatisch verblendet, dass ich es niemals zu einem ehrlichen, vertraulichen Gespräch mit ihnen bringen würde. Einige aus der Gruppe unterhielten sich auch angeregt untereinander, ohne mich zu beachten, wie ich erspähte.

„Meine Gesprächsgruppe besteht bereits seit einer Woche ohne wesentliche Veränderung", sprach ein dicker Rothaariger zu einem blonden Schlanken.

„Komisch, meine Gruppe löst sich stets nach zwei Tagen auf", antwortete der Schlanke nachdenklich, „aber da es Meereszorns Wille ist, muss es richtig sein", sagte er mit viel Einsicht in der Stimme.

„Außerdem ist das Austauschprinzip systemkonform auf die verschiedensten Menschentypen angepasst", erklärte der Schlanke sich selber sein Dilemma, „und je mehr Gesprächsgruppen wir bilden, desto gesellschaftsfähiger werden wir", schloss er schließlich befriedigt seinen Gedankengang.

So funktionierte das Gesellschaftssystem hier – es regelte sich von selber durch die Selbstmaßregelung seiner Mitglieder, wie ich soeben beeindruckt bezeugen konnte.

Alle wandten sich abrupt an mich.

„Desto reiner können wir Meereszorns Lehren an den Mann bringen", wurde ich belehrt.

Mit dem Mann meinten sie wohl mich.

„Genau, weil wir alle möglichen Gedanken in allen Variationen durchdenken", sprach einer mit einer Glatze.

Ehrlich gesagt, seine Glatze gefiel mir noch besser als seine Ansichten.

„Weil wir jedem helfen wollen, der unsere Gedankenwelt nicht versteht".

Unbehaglich wich ich immer weiter von ihnen zurück, denn sie sprachen immer ähnlicher wie Automaten, während sie in kleinen, bemessenen Schritten immer mehr mir zustrebten. Auf irgendeine geheimnisvolle Weise musste wieder die totale Konditionierung bei ihnen in Gang gesetzt worden sein.

Ich beschloss, ihre Gedankengebäude mit Gegenfragen zu konterkarieren. Ich ärgerte mich dabei, dass es mich solche Anstrengung abverlangte, im korrekten Zehnwortrhythmus zu sprechen, während die Staatsorgane und ihre Ordnungshüter die Untertanen zum besten hielten und sich selbst nicht um ihre eigene Sprechweise scherten.

Die fanatisierten Bürger merkten gar nicht, wie sie zum Narren gehalten wurden!

„Moment – wo verbirgt sich Tamara Hope, Hüterin der reinen Zehnwortlyrik?"

Bei der Erwähnung dieses Namens wichen sie ängstlich zuckend zurück, offenbar war dies ein Reizwort für sie.

Dann aber rang sich doch einer zu einer Reaktion durch, mit viel Arroganz in den Gebärden: „Tamara, Symbol der edelsten Zehnwortreinheit, pflegt keinen Umgang mit Barbaren..."

„Ach was? Aber wenn das so ist, dann müsste sie sich eigentlich eher „Barbara" Hope nennen, was meinem Sie?", fragte ich vorwitzig mit einem Geistesblitz.

Auch die anderen Personen legten ein sehr abweisendes Benehmen an den Tag, als ich Tamaras Name weiter ins Feld führte.

„Niemand hat das Recht, ohne gebührende, vorherige Zehnwortunterweisung   –   Tamara gegenüberzutreten"...

Alle Sprecher wanden sich schauerlich in abwehrenden Gesten, als gelte es, ein schleimiges Kriechtier abzuschütteln.

Diese Zeremonie der Verachtung berührte mich emotional in hohem Grade, daher wandte ich mich rasch davon ab, ehe es sich die Gestalten einfallen ließen, mir nachzusetzen. So geriet ich eher zufällig denn bewusst zurück zur mir wohl vertrauten Stätte der Anderssatzigkeit, heim in die kleine Kolonie der Sprachexperimente des Philosophen.

AKIREMA hatte mich endlich wieder.

6. KAPITEL: ZEHNWORTLOSIGKEIT

Hier kam ich mir vor wie in einem Zustand der Schwerelosigkeit, doch ich nannte es witzigerweise „Zehnwortlosigkeit", weil diese Bezeichnung meiner Situation angemessener erschien. Dies war der paradiesische Raum, in dem alle Naturgesetze ihre Gültigkeit verloren. Hier herrschte keine totale, gesellschaftliche Strukturierung, hier harrte kein Ding, keine Tat, kein Geschehnis irgendeiner Erklärung.

An und für sich war dies für mich eine paradoxe Lage, denn ich bin Historiker, und Historiker wollen und müssen alles erklären, sonst haben sie ihre Berufung verfehlt. Aber hier verspürte selbst ich keinen Drang, irgendein Phänomen erklären zu müssen. Hier durfte ich ich sein, wie ich war, ohne Punkt und Komma, ohne Verstellung, egal, ob eventuell auch einige der seltsamen Kolonisten beauftragte Spione des Staatswesens waren oder nicht; man rechnete damit, dass ich mich natürlich und ungezwungen benahm, hier an diesem Ort der Eintracht.

„Hat es den verirrten Flaneur wieder in heimische Gefilde verschlagen?"

Mit dieser Begrüßung wurde ich herzlich von meinem philosophischen Outcast empfangen. Ich erzählte ihm von meinen Abenteuern mit den Wilden, auch von meiner vermutlichen Wiedereinlieferung ins Zentralbehandlungsinstitut für Wortgeschädigte. Die größtenteils phlegmatische Gruppe schien allerdings schon alle meine Fährnisse und Wechselfälle des Schicksals zu ahnen; die verschiedenen Stadien der

Erkenntnis, die ich durchlaufen hatte, schienen hier handelsüblich zu sein.

Auch meine „lingufaschistischen" Wortgefechte, wie man das hier bezeichnete, ließ ich nicht unerwähnt. Meereszorn und seine Mannen waren nämlich allesamt „Lingufaschisten", das war eine Wortschöpfung aus „Linguisten" und „Faschisten". Das bedeutete, dass Sprache als Mittel des gesellschaftlichen Kampfes eingesetzt wurde. Auch der große, mechanische Egalisator ist ein lingufaschistisch programmierter Computer, mit dem viele meiner Gefährten schon Bekanntschaft gemacht hatten. Immer wieder sannen die Meereszornschen Schergen auf Mittel und Wege, um die täglich neu erscheinenden Wörter und Begriffe den Menschen lingufaschistisch aufzuoktroyieren. Sie sollen sogar schon Schlafpillen unters Volk gebracht haben, die behagliche Zehnwortträume verursachen.

„Decemtramin" hieße das Mittel, erfuhr ich von meinen Freunden. Es konnte auch in jeder staatlich zugelassenen Apotheke käuflich erworben werden; es wirkte auf das zentrale Nervensystem, und verursachte spastische Zuckungen, sobald sich das Unterbewusstsein des ahnungslosen Schläfers gegen die synthetisch aufgezwungenen Träume wehrte. Da kam mir ein Furcht erregender Gedanke: Vielleicht hatte auch ich dieses Mittel verabreicht bekommen?

Am nächsten Morgen, nach unruhig durchwachter Nacht, brachte mir der Philosoph eine Zeitung, eine ganz altmodische, noch auf Papier gedruckt. Eine charakteristische Schlagzeile sprach für sich: Es erfolgte die ideologische Ächtung meiner Person, des

„Vielwortsatzlings", der gehörig die hiesige Sprachnorm durcheinanderbrachte. Ich las mir den Artikel flüchtig, aber mit großer Anspannung durch. So erfuhr ich, dass die Angst vor der allgegenwärtigen Gefahr, die von der Erde ausging, derart groß bei den Zehnwortsatzlingen war, dass man permanent die syntaktische und linguistische Unterwanderung der eigenen Reihen durch Außerirdische fürchtete. All diese Ängste wurden jetzt typographisch an meiner Person festgemacht; ein Bild von mir, das mir gar nicht ähnlich sah, war auch in der Zeitung.

Diese neu aufgeflammten Ansteckungsängste nahmen auf diesem Außenseiterplaneten mittlerweile seltsame Auswüchse an: So las ich zum Beispiel, dass alle Bürger von Zehnwortsatzingen einmal in der Woche an einem geheim gehaltenen Ort einen hypnotischen Ansporn zu „prozehnwortlicher Wachsamkeit" erhielten. Jeder Bürger hatte sich im eigenen Interesse dieser Prozedur zu unterziehen.

Damit gewährleistet war, dass die Menschen auch wirklich in allen Lebenslagen zehnwortkonform redeten, mussten dauernd neue Gesetzt dafür geschaffen werden; unbequeme zumeist, wie mir der Philosoph lächelnd verriet.

Erschöpft ließ ich die Zeitung sinken.

Bald darauf war ich unter dem Palmenhain eingeschlafen.

Am nächsten Tag wollte ich dem Urgeheimnis um den Zehnwortsatz noch tiefer auf die Spur kommen. Wieder befragte ich den Philosophen.

„Hat es mit der Zehn-Wort-Regel vielleicht nicht noch eine ganz andere Bewandtnis?", fragte ich, „warum müssen es immer genau zehn Worte sein?"

„In der Tat", sagte er, „dafür gibt es einen ganz banalen Grund, wie bei so vielen großen Dingen..."

Ich lauschte gespannt auf den Fortgang der Enthüllungen.

Demnach wäre die Ziffer 10 für den „Obersten Weisen und Staatschef Meereszorn" unter anderem auch so etwas wie eine magische Zahl: „Nicht nur, dass er an einem 10. 10. um 10 Uhr 10 geboren worden ist, er hat auch neun Geschwister, von denen er das zehnte Kind ist", sagte der Philosoph und steckte sich mit lässiger Haltung seine Pfeife wieder an.

„Zehn Jahre hat er in der Armee gedient und die Zehn ist auch seine Glückszahl. An einem 10. Januar war einst das einzige zur Ausführung gelangte Attentat auf Seine Exzellenz misslungen, was auf die Wachsamkeit seiner zehn Leibwächter zurückzuführen war. Außerdem hatte ihm ein alter Wahrsager einst prophezeit, er werde zehn Dekaden leben und zehn Kinder haben."

Der nachdenkliche Philosoph auf dem Außenseiterthron hielt einen Moment inne.

„Das alles ist natürlich Unsinn", fuhr er fort, als ich entspannt lächelte, „dass Meereszorn unbedingt hundert Jahre leben wird, aber diese gehäuften Zufälligkeiten mit der Zahl 10 haben in dem Tyrannen die Manie geweckt, sein ganzes Leben nebst seiner Tyrannei auf die Zahl 10 auszurichten".

„Ganz schön exzentrisch, Ihro Gnaden Meereszörnchen“, lästerte ich trocken.

„Meereszorn hat seine Zehn-Wort-Manie schließlich so weit getrieben, dass sogar der Tag bei uns seine obligatorischen zehn Stunden haben muss, und ebenso die Nacht; die restlichen vier Stunden hat er einfach abgeschafft“.

„Was, er hat sie abgeschafft?“, fragte ich erstaunt.

„Genauso ist es. Die Zeit von 20 Uhr Abends bis 24 Uhr existiert bei uns einfach nicht mehr. Auch das Zwölf-Monate-Kalendersystem wurde abgeschafft: Die Monate November und Dezember wurden einfach gestrichen – das Jahr ist dadurch kürzer geworden“, sagte der Philosoph und lachte. „Sie sehen, wir werden jetzt schneller alt als früher“, sagte er und grinste. „Doch da es sich bei diesen zwei entbehrlichen Monaten um kalte Jahreszeiten handele, so argumentiert Meereszorn, sei das eh kein großer Verlust, meint unser Herrscher.“

Ich grunzte vergnügt.

„Am 31. Oktober ist das Jahr zu Ende, da wird bei uns Silvester gefeiert. Am nächsten Tag beginnt dann das neue Jahr - ohne Rücksicht darauf, welche Jahreszeit in Wirklichkeit gerade herrscht“, erklärte mir der Philosoph vergnügt. „Lustig, nicht wahr?“

Ich lächelte unsicher. „Ja, in der Tat, aber ich komme mir ehrlich gesagt vor wie im Zirkus“, gestand ich ungläubig.

„Aber jetzt verstehe ich wenigstens, wie Meereszorn hundert Jahre alt werden will“, überlegte ich und rechnete laut nach. „Mit seiner Spezialrechenmethode könnte er es glatt schaffen", sagte ich und der Philosoph grinste.

„Als das Volk gegen die eigenwillige Kalenderreform protestierte, ließ Meereszorn verkünden, dass die Leute sich lieber freuen sollten, dass es keinen so langen Winter mehr gäbe", fuhr mein Gesprächspartner fort.

„Und das Volk hat diese Verdummung so einfach geschluckt?", fragte ich erschrocken und indigniert.

„Sie scheinen sich immer noch nicht zu verinnerlichen, dass wir in einer endlosen Zehnwortschleife aufgewachsen sind; wir haben kaum Vergleichsmöglichkeiten mit anderen Seinsweisen..."

„Ja, ja", brummte ich, „das verstehe ich. Ich weiß schon, der Zehnwortsatz macht die Leute denkfaul und verhindert selbstständiges Handeln..."

„Die Stadt Zehnwortsatzingen hat übrigens mehr als zehn Buchstaben, ist Ihnen das eigentlich noch nie aufgefallen?", fragte ich unvermittelt.

„Ja, da haben Sie Recht", erwiderte der Dissidentenchef prompt, ohne Überraschung. „Dies ist die berühmte Ausnahme von der Regel, da es dem Tyrannen und seiner Kamarilla hier wichtiger schien, die äußere, allgemeinverbindliche Rahmennorm ausnahmsweise zugunsten der inhaltlichen Aussagekraft des Hauptstadtnamens zurückzustellen. Was prosaisch heißen soll, dass „Zehnwortsatzingen" mehr als nur ein gewöhnlicher Städtenamen ist; Sie wissen ja schon, was es damit auf sich hat..." Und wieder nickte ich zustimmend.

„Aber", wandte ich trotzdem ein, „hätte man die Stadt zum Beispiel nicht auch „Zehnworten" nennen können, zur perfekten Angleichung an die geforderte, allgegenwärtige Zehn-Buchstaben-Folge?"

Da ging ein erstaunter Aufschrei des Entzückens durch die kleine Schar.

„Ein wundervoller Vorschlag", meinte der Philosoph mit schiefem Lächeln, so dass ich nicht wusste: Wollte er mir Anerkennung zollen, oder mich verächtlich machen bei seinen Leuten?

„Bringen Sie ihn gleich bei nächster Gelegenheit ein beim Zentralinstitut für Wortbedeutung, wenn Sie dort mal wieder vorbeischauen sollten; die werden Ihnen einen Orden verleihen, hahaha..."

„Jawohl – den großen Vaterländischen Zehn-Wort-Verdienstorden", raunte mir das Mädchen zu, das sich vorhin so hysterisch gebärdet hatte. Dieses Mal aber lachte es aufreizend, ganz ohne Häme.

„Mit euch allen ist es so eine Sache", meinte ich, indem ich versuchte, ein Lachen zu unterdrücken, „nie weiß man genau, ob ihr es ernst meint, oder euch einen Scherz mit mir erlaubt".

Alle lachten herzlich, doch es klang ein bisschen wie ein aufgesetztes, genormtes Zehn-Wort-Lachen, falls es so etwas überhaupt geben sollte.

Ich räkelte mich unter dem Baum, den ich schon so gut kannte und liebgewonnen hatte.

„Der Gleichmacherwahn mit der Zehn muss aber doch noch eine andere Bedeutung haben", meinte ich grübelnd, „vielleicht eine Art esoterischer Ritus?"

„Auch das ist zweifellos richtig", bestätigte der Philosoph.

„Eigentlich ist die Gleichmachermethode mit der Zehn doch nur ein billiger Taschenspielertrick, eine

Illusion, Augenwischerei", sagte ich, „reichlich verspielt für einen angeblich so mächtigen Herrscher..."

„Tja", meinte der Philosoph schmunzelnd und hob bedächtig die Hand, als wollte er eine Predigt halten, „Sie werden mit der Zeit noch feststellen, dass das Geheimnis von Meereszorns Macht sich gerade in solchen kleinen Nuancen der Unscheinbarkeit und der Normalität verbirgt..."

Der Langbärtige ließ seine hellen, blauen Augen blitzen und schmiegte sich enger an den Baum.

„Unauffälligkeit täuscht Gleichheit vor, staatlich verordneter Biedersinn gaukelt den Bürgern Harmonie vor", sagte er.

„Vielleicht", bemerkte ich trocken, „aber das muss alles noch bewiesen werden..."

„Sicherlich haben Sie auch schon bemerkt", fuhr der Marginalisierte fort, „dass die zehnbuchstabigen Ortsnamen lauter nette, kleine, mitunter verräterische Anspielungen auf ihre Funktion enthalten, wie das zum Beispiel der Fall ist bei „Zehnbuchen", „Zweieichen", „Gammaville", „Alphaville", „Grünenwald", „Zedernwald", „Fichtenend", „Freudenaue", „Siegenheil", „Heilsiegen", „Hohenstein", „Decemstadt", „Leblohning", „Ausweiting", „Zehnwortig", „Strahlsund", „Wortfriede", „Dietersruh"... Das ist übrigens eine der Stätten, wo Meereszorn seinen ganz privaten Wohnsitz hat, so eine Art Datscha steht dort, die völlig von der Öffentlichkeit abgeschirmt ist, wo er sich ungestört über das Wochenende zurückziehen kann", sagte der Philosoph.

„Dann gibt es noch „Neuworting", „Neu-Satzing", „New-Yorking", „Freilesing", „Unilateral". Und viele mehr".

„Alles lauter nette kleine, vielsagende Wortspielchen, boshaft und mit kokettem Charme erdacht von unserem Meereszörnchen".
„Ja, wie von einem verspielten Kind eben", sagte ich, um eine Art Schlusswort bemüht.
„Genau, und gerade diese Sorte Mensch ist eine der gefährlichsten", bestätigte mir der besorgte Philosoph.
„Inwiefern?", fragte ich.
„Weil sie keinem anderen Menschen gestattet, seine eigenen kleinen, schlauen Spielchen zu spielen", sagte der lächelnde Philosoph.

Er nahm etwas Sand zur Hand, und streute ihn spielerisch in der Gegend umher.
„Doch lassen wir diese Sophismen beiseite", schlug er energisch vor. „Schließlich will ich keine neue, griechische Schule der Denker aufmachen; aber ich möchte Ihnen noch zeigen, wie es hier um unsere Literatur bestellt ist".
Damit erhob er sich und strebte auf seine Hütte zu. Ich erhob mich auch und folgte ihm. Aus einer wurmstichigen, antiken Truhe in der hintersten Ecke seiner Behausung kramten wir einige alte, zerschlissene Bücher hervor. Er reichte mir einige Exemplare zu: „Hier bitte", sprach er schnaufend, „das ist die neue Zehnwortliteratur, Vorsicht, sind schwer, die Schwarten", warnte er mich.
So belud er mich unentwegt mit Büchern, die ich ächzend entgegennahm. Dann half ich ihm, die

staubige Last wieder nach draußen ins Sonnenlicht zu tragen.

„Nicht zu fassen – also auch die Bücher sind ...“, ächzte ich fassungslos, und begann, den Ballast unter dem Baum abzulagern, wo wir es uns gleich wieder bequem machen würden. Ich konnte noch staunen, obwohl ich doch allmählich gelernt haben sollte, über nichts mehr die Fassung zu verlieren.

Schon kauerten wir wieder lässig an die prächtige Eiche gelehnt.

Entspannt wandte mir der gesprächige Aussteigerprofessor das Antlitz zu.

„Nicht nur Städtenamen wurden umbenannt, beziehungsweise genormt, nein – dasselbe Schicksal erlitten auch alle literarischen Druckerzeugnisse, besonders die Bücher, aber auch Broschüren, Reklametafeln, und vieles mehr...“

Suchend wühlte er in dem Bücherstoß herum.

„Auch alle großen Werke der Weltliteratur, sofern sie nicht verboten worden sind, erfuhren im Laufe der Zeit eine Zwangsumarbeitung, und so schlägt sich auch hier das „Zehner-System“ erbarmungslos in jedem seiner Sätze nieder“, führte mein Gefährte weiter aus.

„Und der Prozess geht immer weiter, jeden Tag wird er sogar beschleunigt, denn die Sprachwächter schlafen nicht. Ebenso wenig die schon erwähnten Lingufaschisten“, sagte er, und suchte weiter in dem Bücherstoß herum.

„Die Lingufaschistik ist übrigens ein eigener Studiengang, der an der Universität von Zweieichen eingeführt worden ist“, erläuterte er, „vielleicht

bringen wir beide es sogar zuwege, uns das irgendwann einmal gemeinsam anzusehen; es ist wirklich interessant, wie dort aggressive, interdisziplinäre Sprachlinguistik betrieben wird: Das heißt, Wortabschaffung und Neuschöpfung ... Denn keiner hat das Recht, ein Wort einfach so abzuschaffen, wenn er nicht gleichzeitig einen annehmbaren, wissenschaftlich vertretbaren Vorschlag zu einer analogen Neuschöpfung eingebracht hat, so lautet es im Gesetz...“
Ich schwieg weiter vor mich hin vor lauter Betroffenheit, kramte aber neugierig in den Büchern.
„Doch ich wollte eigentlich gar nicht so weit abschweifen, das also nur am Rande“, entschuldigte sich der Professor mit einer Geste.
Ich wollte Weiteres von ihm über die Zehn-Wort-Literatur erfahren.

„Das ist ja wirklich drollig“, sprach ich in einer unsinnigen Aufwallung plötzlicher Begeisterung, denn ich war wirklich neugierig, zu erfahren, wie dieses literarische Experiment aussähe. Jetzt erst überflog ich konsequent die Buchtitel, die ich eigenartig grotesk verunstaltet vorfand.

So viele Bücher hatten wir aus der alten Truhe zu Tage gefördert, dass wir jetzt der Übersichtlichkeit halber anfingen, sie rund um die alte Eiche aufzuschichten.
„Was ist eigentlich Ihr Lieblingsbuch?“, fragte mich der Professor unvermittelt.
„Robinson Crusoe“, antwortete ich ihm spontan, denn ich erklärte ihm, dass ich mir in Anbetracht meiner

Lage wie ein unglücklich Gestrandeter auf seiner Zehn-Wort-Insel vorkam. Der Professor lächelte darüber verständnisvoll, dann fuhr er fort, die Bücher rund um den Baum zu ordnen, ohne zu mir aufzusehen.

„Das Buch haben wir leider nicht im Zehnworttechnikverfahren", gab er mir amüsiert dozierend zur Antwort, „ist zu gefährlich für die Volksseele", sagte er bedauernd.

„Tatsächlich?", fragte ich mit Interesse nach.

„Eben darum, weil Robinson Crusoe ein Gestrandeter ist wie Sie selber, ein Außenseiter, der auf seinem Eiland nach eigenen Gesetzen lebt, und dazu erst noch ganz allein ... Das geht nicht! Kein Mensch in unserer Gesellschaft darf heute alleine vor sich hin leben, das hieße ja, dass er sich nicht an die Zehnergruppengesellschaft anpassen will, und dadurch vermutlich auch dauernd die Sprachnorm verletzt...

Der Philosoph seufzte.

„Es ist für die Oberen unvorstellbar, sich auszumalen, dass Robinson Crusoe auf seiner Insel unkontrolliert frei mit sich selber sprechen könnte, ohne sich an die Zehn-Wort-Regel zu halten. Die Vorstellung, dass er tun und denken kann was er will, ist für Meereszorns Sprachverfechter wohl am unerträglichsten bei der ganzen Geschichte", erläuterte der Gelehrte und sah zu mir auf.

„Alle Klarheiten beseitigt?", fragte er neckisch. Ich nickte, dann grinste ich.

„Und welche Bücher sind eigentlich generell verboten?", fragte ich nun, obwohl ich es mir natürlich in etwa zusammenreimen konnte.

„In besonderem Maße natürlich alle philosophischen Werke", begann mein bedauernswertes Opfer seiner Berufsschicht mit der Aufzählung, „wie jene von Kant und Hegel natürlich, aber auch Voltaire und Rousseau, denn nichts fürchten Diktatoren so sehr wie denkende Menschen, die auch noch alles aufschreiben, was sie sich ausgedacht haben, aber das wissen Sie ja eigentlich alles selber", gab er mir mit einem vertraulichen Wink zu verstehen.

Bevor er weiterreden konnte, fragte ich: „Also auch die Buchtitel müssen zehnwortig sein?"

Der Philosoph grinste. Ich probierte, mit einer völlig neuen Variante zurückzugrinsen.

„So ist es", bestätigte er mir und reichte mir ein Buch. Ich las.

„Nehmen wir zum Beispiel dieses hier: „Krieg und Frieden" von Tolstoi: Wie Sie selbst sehen können, ist das Werk um den kuriosen, erweiterten Zusatz „Die Wechselfälle im Leben einer russischen Aristokratenfamilie" ergänzt worden; „zehnwortassimiliert" oder noch genauer: „Siebenwortbereichert" nach der hiesigen, gängigen Sprachregelung. Ein komischer, bombastischer Nachklang, der da als semantischer Rattenschwanz folgt, nicht wahr?" Sein Blick zu mir heischte um Zustimmung, die ich ihm spontan durch unwilliges Kopfschütteln und zur Schau gestellter Empörung zollte.

„Aber teilweise ist der Zusatz auch einfach unzutreffend, zumindest ungenau, und darüber hinaus irreführend! Von der inhaltlichen Entstellung des Buches durch angewandte Zehn-Wort-Technik gar nicht erst zu reden“, sagte der Philosoph belustigt und zugleich verstimmt, als er das Buch, das er mir gerade gezeigt hatte, unsanft ins Gestrüpp gleiten ließ.

„Ein anderes Beispiel“, kündigte er programmatisch und mit erhobenem Zeigefinger an.

Und schon hatte er ein anderes Buch hervorgeholt, eine weitere, „poetische Entweihung“, wie er sich blumig ausdrückte. „Goethes „Faust“ muss sich mit dem zähen Anhang „Oder: Verhängnisvoller Versuch, sich die ewige Jugend zu erkaufen“ herumplagen“, sagte der Gelehrte indigniert.

Verächtlich begann er schon wieder in dem Bücherhaufen zu wühlen; ein Haufen Hundekot hätte ihm sicherlich nicht halb so viel Ekel eingeflößt.

„Aber die Titel der Bücher sind längst noch nicht das Schlimmste ... Weitaus tragischer ist es um den Inhalt bestellt, denn durch die Neubearbeitung sind die Bücher sämtlich ihrer poetischen, einst meisterhaft geflochtenen Erzählstruktur verlustig gegangen. Der Zauber und das Flair der Autoren sind für immer dahin...“

Also erhob sich der Aussteiger-Professor und eilte noch einmal kurz in seine Hütte. Von dort brachte er ein Buch mit, das ihm ganz besonders am Herzen läge, wie ich gleich erfahren sollte: Es handelte sich nämlich um seinen Lieblingsautor Thomas Mann, den er gesondert aufbewahrt hatte, allen neugierigen Blicken verborgen. Dieser sei durch die Neubearbeitung besonders verschandelt worden.

Warum er dann überhaupt das reformierte Buch aufbewahre, fragte ich daraufhin, als er sich wieder mit mir unter den Baum setzte.

„Weil mir kein ursprüngliches Exemplar mehr geblieben ist vom Felix Krull", sprach er mit leisem Bedauern in der Stimme, „und weil das zumindest ein kostbarer, in Schweinsleder gebundener Band ist, der mich etwas über den Frevel der Neubearbeitung hinwegtröstet", sagte er schulternzuckend und versäumte es nicht, den Einband zu streicheln, bevor er ihn mir aushändigte.

Neugierig nahm ich mir das Buch vor, das mir supermodernem Hightech-Erdling längst kein Begriff mehr war und sagte mit Blick auf den Philosophen: „Sie machen ein Gesicht, als wünschten Sie, das Buch wäre in Meereszorns Haut eingebunden", sagte ich verdruckst.

„Das könnte den Kern der Sache durchaus treffen", sprach er grausam lächelnd zu mir, „es ist aber auch wirklich ein literarisches Fiasko, das die Sprachreiniger aus dem berühmten Schelmenroman gemacht haben, den Sie vielleicht sogar noch aus eigener Lektüre kennen: Es handelt sich um die Lebenserinnerungen eines jungen, tolldreisten Hochstaplers, falls Ihnen diese altertümliche Charakterbezeichnung noch geläufig sein sollte; aber nun lesen Sie bitte einmal selber..."

Ich entschloss mich, den Text laut und in langsamem Rhythmus vorzulesen, um mir die neue Stimmungslage des veränderten Romananfangs besser zu Gemüte führen zu können. Der Professor, der mir vorab zum Vergleich den Originaltext des ursprünglichen Buchanfangs auswendig rezitiert hatte, hockte sich neben mich und lauschte:

„Bekenntnisse des tolldreisten Hochstaplers Felix Krull aus seinem abenteuerlichen Leben", las ich ganz langsam und in getragenem Rhythmus vom kostbaren Buchdeckel ab. Eigentlich ein ganz annehmbarer Titel, dachte ich und schlug den Buchdeckel um. Auf den nächsten Seiten folgten erst einmal einige überflüssige Lobpreisungen auf seine Hoheit Meereszorn und seine angeblichen Wohltaten, die so zahlreich seien wie die Sandkörner in der Wüste, oder so ähnlich. Dann gab es sogar eine Art Vorwort von ihm persönlich, das wir getrost übersprangen; auch die nächste Seite überschlug ich: Sie lobte in großen Tönen (natürlich Zehnwort-Tönen) die angeblichen Vorzüge der Neubearbeitung.
Dann endlich kam die heißersehnte, große Eröffnung, ich kam mir vor wie bei einem feierlichen Festakt: „FELIX KRULL, 1.Buch, 1. Kapitel", las ich. So feierlich war mir zumute, dass mir das Herz klopfte. Ich bemühte mich, einen klangvollen Satzrhythmus zu intonieren:

„Ich ergreife die Feder, um in völliger Ruhe zu schreiben. Wenn ich auch gesund bin, fühle ich mich dennoch müde. So werde ich wohl nur in kleinen Etappen vorwärtsschreiten können. Also schicke ich mich an, meine Geständnisse dem Papier anzuvertrauen. Das tue ich in der mir eigenen, sauberen, gefälligen Handschrift. Ach, Papier ist ja so geduldig wie sonst nichts anderes! ... Nunmehr beschleicht mich das flüchtige Bedenken, ob ich durchhalten werde. Bin ich diesem geistigen Unternehmen nach Vorbild und Schule gewachsen?

Alles, was ich mitzuteilen habe, besteht aus meinen eigensten Erfahrungen: Es sind alles meine Irrtümer und Leidenschaften, die ich schildere. Man kann also sagen, dass ich meinen Stoff vollkommen beherrsche. Meine Selbstzweifel an der Bewältigung dieser Schreibaufgabe haben folgende Gründe: Es ist zweifelhaft, ob ich den rechten Takt treffen kann. Genauso zweifelhaft ist es, ob ich die richtige Ausdrucksweise finde. Noch schwieriger dürfte sein, alles miteinander in Einklang zu bringen. Regelmäßige und wohlbeendete Studien geben in diesen Dingen wenig Ausschlag. Das ist jedenfalls meine unmaßgebliche Meinung, was das Schreiben anbetrifft. Vielmehr halte ich natürliche Begabung und gute Kinderstube für unerlässlich. An dieser hat es mir nicht gefehlt, mir liederlichem Feinbürger. Meine Schwester und ich standen unter der Obhut einer Französin. Das ging viele Monate so, bis meine Mutter eifersüchtig wurde. Da musste die junge Rivalin meiner Mutter das Feld räumen. Mein innig geliebter Pate Schimmelpreester war ein vielfach geschätzter Künstler. Beinahe jedermann in unserer Stadt nannte ihn den „Herrn Professor“. Dieser begehrenswerte Titel kam ihm von Amts wegen nicht zu.

Mein ziemlich dicker und fetter Vater besaß viel persönliche Grazie. Viel Gewicht legte er auf eine gewählte und durchsichtige Ausdrucksweise. Tatsächlich hatte er von seiner Großmutter her französisches Blut ererbt. Selbst seine gesamte

Lehrzeit hatte er im schönen Frankreich verbracht. Und Paris kannte er nach seiner Versicherung wie seine Westentasche. Gerne ließ er Wendungen wie „parfaitement" in seine Rede einfließen. Bis zu seinem Lebensende blieb er ein Günstling der Frauen. Dies sei nur im Voraus und außer der Reihe gesagt. Von jeher habe ich eine natürliche Begabung für gute Formen. In meinem ganzen trügerischen Leben war ich ihrer allzu sicher. Auch bei diesem schriftlichen Auftreten verlasse ich mich unbedingt darauf. Übrigens bin ich entschlossen, bei meinen Aufzeichnungen mit Freimut vorzugehen. Ich scheue weder den Vorwurf der Eitelkeit noch der Schamlosigkeit. Bekenntnisse dürfen allein unter dem Gesichtspunkt der Wahrhaftigkeit abgefasst werden!

Hier hörte ich auf zu lesen und bekam einen kleinen Heiterkeitsanfall. Dem Philosophen ging es ebenso. Ich reichte ihm das Buch zurück. Er ließ es mit einem Knall zuklappen, dass es nur so staubte.
Dann wurde der Gelehrte wieder ernst.
„Thomas Manns komplexe Satz- und Erzählstruktur ist dahin, in eine monotone Folge von unwürdigen Hauptsätzen zusammengepresst", klagte er.
„Sie sehen es ja selber, sein großer erzählerischer, ausschweifender Intellekt ist dadurch entwürdigend verkümmert; übriggeblieben ist ein Stil, der so dumpf ist wie jener, der einer Gebrauchsanweisung eigen ist", stellte der Bücherfreund bekümmert fest.
Ich stimme ihm zu, wie furchtbar es sei, diesen einzigartigen, biographischen Roman auf eine monotone Anhäufung simpler Hauptsätze reduziert zu sehen.

„Keine Nebensätze mehr, furchtbar, wirklich!“, sinnierte ich.

„Das ist so, als wollte man sich ein Omelette ohne Eier machen...“

„Ja, das ist ein guter Vergleich – die Wortstutzer, die bei Meereszorn und Konsorten in Lohn und Brot stehen, merzen die Nebensätze aus, um jede ausschmückende Phantasie beim Leser zu töten. Denn was anderes bedeuten Nebensätze als Phantasie, die zur gedanklichen Vertiefung des Geschriebenen anregen soll; Phantasie aber wiederum ist Gift für die Machthaber, weil sie einen denkenden Menschen voraussetzt, und der soll ja abgeschafft werden...“

„Nicht mal die Zehn Gebote haben die Worterneuerer in ihrer ursprünglichen Form belassen, sogar die Pfarrer predigen in Zehnwortsätzen in den Kirchen, auch bei Taufzeremonien zum Beispiel...“

Auf einmal gebot er mir mit einer Handbewegung Stillschweigen.

Auch er selber hüllte sich argwöhnisch in beunruhigendes Schweigen, denn tatsächlich vermeinte auch ich jetzt, ein rhythmisches Rascheln im Unterholz zu vernehmen, das zunehmend lauter wurde.

„Achtung – gedrillte Zehn-Wort-Trupps sind im Anmarsch“, flüsterte mir der Philosoph zu, „die suchen Sie, weil sie vermutlich beauftragt worden sind, nachzuforschen, ob Sie korrekt mit uns sprechen, und um zu verhindern, dass Sie uns mit gefährlichem Gedankengut aufhetzen...“

Auf meinen hastigen Einwand, wo seine Versicherung bleibe, Staatstruppen würden nie ins Camp eindringen, sprach der Philosoph hastig: „Wenn es sich um Fremde handelt, die nicht von diesem Planeten stammen, dann dringen die Truppen in schweren Ausnahmefällen auch schon mal bis zu uns vor, und anscheinend sind Sie solch eine Ausnahme! – Achtung, der Besuch ist schon ganz nah!"

Diese Nachricht erschreckte mich jetzt dann doch in hohem Maße, doch der Philosoph beruhigte mich hastig, indem er erklärte, ich sei zwar ein Staatsfeind, da ich mich aber in seiner Obhut im Außenseitercamp befände, drohe mir keine wirkliche Gefahr, behauptete er. Keinesfalls würden die Truppen mich von hier fortschleppen, sondern nur meine Sprechweise kontrollieren.

Schon sah ich einige wortgelehrte Herren ihre genormten Schritte in unsere Richtung lenken: Zehn Mann hielten in dicht geschlossener Formation direkt vor mir an. Die kleine Abordnung jagte mir Angst ein. Gelähmt vor Schrecken wagte ich mich nicht zu rühren. Augenblicklich spürte ich eine stark ansteigende Zehn-Wort-Kurve des Terrors um mich herum und in mir selber vibrieren; wie traumverloren sprach ich scheinbar abgeklärt und phantasmagorisch berückt zu dem Philosophen, und er zu mir im perfekten Zehnwortsatz. Unsere beiden Ichs verwischten sich, wurden eins, während die Sprachwächter eine ausdruckslose Hab-Wacht-Miene einnahmen.

Mich, den abtrünnigen Wortverbrecher, das besondere Objekt ihrer Forscherbegierde, betrachteten sie dabei nur mäßig, aus dem Augenwinkel heraus.

Ein dichter Nebel umgab uns plötzlich, hüllte uns alle wie in ein weißes Tuch ein. Eine gespenstisch gleichförmig einherschreitende Zehner-Prozession schritt daraus hervor, eine Gestalt davon machte einen Ausfallschritt und blickte mir hypnotisch bezwingend in die Augen. Ein anderer Wächter hielt mir einen trichterförmigen Gegenstand vor das Gesicht, der vibrierende Schallwellen aussandte. Diesen dockte er an mir an.

„Hey, ihr Wortvernichter, ich bin doch keine Raumstation im Orbit!", lästerte ich lallend.

Entgeistert wollte ich zurückzucken, da beschloss ich, die Prozedur über mich ergehen zu lassen, sofern sie nur schmerzlos war. In dieser Hinsicht konnte ich beruhigt sein –sie war es. Kleine, seltsame, metallene Gegenstände in den Händen der Ordnungshüter surrten und blinkten. Sie lasen irgendwelche Werte von ihnen wie von Geigerzählern ab. Vielleicht wollten sie auch wirklich nur prüfen, ob ich radioaktiv verseucht war.

„Sprachliche Korrektheit noch nicht ganz auf der Höhe der Norm", hörte ich einen der Sprachwächter murmeln, „aber Individuum demonstriert linguistische Amelioration mit steigender Tendenz zur Zehnwortperfektionierung", ergänzte der andere, noch leiser flüsternd. Für meinen Kompagnon schienen sie nicht das geringste Interesse zu bekunden.

Im Einklang mit der flüssigsten Zehnwortströmung, schwamm mein gelehrter Kollege äußerst zehnwortaktiv auf den Wellen eines phantastischen Redegebäudes, das mich durch alle möglichen Labyrinthe und Schluchten der Zehnwortkunst führte, mich ungemein mitriss und blendete; er konnte schwadronieren wie der genialste aller Epiker. In seiner eruptiv hervorgeschleuderten Prosa stimmte er ein sagenhaftes Loblied auf die Zehnwortkunst an. Seine Hymne hatte etwas zutiefst Mystisches an sich, aus ihr sprach eine wilde Bejahung unser aller apokalyptischer Leben – trotz Terror und Unterdrückung. Aus ihm sprach der unersättliche Lebenshunger eines Dandys, in vibrierenden Traumbildern und rhapsodischen Klagen rühmte er die Vielgestaltigkeit des Zehnwortsatzes, der mir mit einem Mal ungeheuer plastisch vor Augen trat, dass ich glaubte, bald würden mir die Sinne schwinden. Zutiefste Zustimmung und genugtuende Befriedigung stand in den Augen der Sprachwächter, was zur Folge hatte, dass sie sich nach einer guten halben Stunde andächtigsten Lauschens selig eingelullt auf den Heimweg machten, ohne uns weiter zu behelligen.

Ich war voll des Lobes für des Philosophen märchenhafte Vorstellung. Er winkte ab. Das wäre ein ganz natürlicher Reflex, erläuterte mir daraufhin die gelehrte Person, denn gerade die Ausgestoßenen, die am Rande der Gesellschaft leben müssten, hätten ein besonderes Geschick dafür entwickelt, mit Meereszorns Häschern richtig umzugehen. Der Philosoph und seine Gruppe waren daher immer im Einklang mit der vorherrschenden Zehnwortströmung. Aber auch ich hatte einen Lernerfolg vorzuweisen: Heute war es mir zum ersten Mal gelungen, meine beschämende Außenseiterposition auf diesem Planeten ein wenig abzubauen, indem ich zehnwortkonform mit der Obrigkeit umging. Das hieß in meinem Fall, indem ich klug schwieg, während mein gelehrter Freund die gesamte Redearbeit besorgen durfte. Denn dadurch eckte ich wenigstens nicht weiter an. Ich gehe doch hoffentlich recht in der Annahme, dass diese meine Verhaltensweise als Erfolg zu verbuchen ist?

Mein Philosoph war der Meinung, würde ich in den Augen der Obrigkeit auch nur den Anschein von nachgiebiger, freiwilliger Hantierbarkeit erwecken, dann könnte mir dieses Beschwichtigungsritual allein schon einige Vorteile einbringen: Mitunter diesen, von nun an wieder einigermaßen unbehelligt in die heile Zehnwortwelt hinauszuziehen, um den Schatz meiner Erfahrungen kontinuierlich zu vergrößern. Vor allem solle ich darauf achten, mich in der Öffentlichkeit zu keiner syntaktischen Ungenauigkeit hinreißen zu lassen. Zu ebendieser würden einen zuweilen in Meereszorns Zehn-Wort-Diensten stehende Provokateure verführen, um einen zu diskreditieren. Allmählich wurde ich allerdings sensibilisiert für die hier herrschenden Normen des Zehnwortrechts. Dem Philosophen gebührt das unschätzbare Verdienst, mir hypnotisch die resignative Einsicht in die Macht des Stärkeren eingebläut zu haben. Daraus konnte ich die lebenswichtige Anpassungsstrategie für mein weiteres Hiersein entwickeln.

Nach dieser Unterweisung wurde meine Neugierde nach der tieferen Lebensweise dieser seltsamen Kolonie weiter angestachelt.
„Aber wovon leben Sie eigentlich?", fragte ich unvermittelt.

„Von der Gnade meiner Gesinnungsgenossen, die noch nicht ganz so heruntergekommen sind wie wir", gestand der Fremde.

„Es gibt nämlich Abstufungen in den verschiedenen Stadien des Ausgestoßenseins", erklärte er. Zusammen streiften wir nun langsam durch das Unterholz, und entfernten uns immer mehr von seiner Hütte, blieben dabei natürlich innerhalb des Umkreises unseres Zehnwortgeheges.

„Und wonach bemisst sich das?", fragte ich.

„Nach der Kategorie der unerfüllten Zehnwortnormen, nach dem Grad der zehnwortschen Fehlleistungen in der Öffentlichkeit", erklärte er mir.

„Wer die Norm dieser Fehlleistungen übererfüllt hat, landet im Camp, so einfach ist das ..."

„Ich, der ich ein Mitglied der verbotenen Anti-Zehnwort-Liga bin, jemand, der sich gegen das fundamentalste Grundprinzip des menschlichen Zusammenlebens in Zehnwortsatzingen aufgelehnt hat, für so einen wie mich bleibt nur der Wald und die freie Natur als Wohnstätte; doch ich bereue diese Wahl nicht – das Klima ist ganzjährig unverändert milde, es gibt keinen Winter mehr, ich bin frei, aber nicht vogelfrei, und das ist das Entscheidende. Und ich bleibe auch frei, solange ich mich nicht zu neuen, subversiven Tätigkeiten hinreißen lasse".

„Und was tun all die anderen Ausgestoßenen?", fragte ich.

„Die leben in großen Bunkern in den Vorstädten", wurde mir bereitwillig erläutert, „wo sie unter ständiger Bewachung durch die Geheimpolizei stehen; die Begabteren unter ihnen betraut man mitunter mit Übertragungsaufgaben von herkömmlicher Literatur

in zehnwortgerechte Fassungen ... Sie selber aber haben es nicht so gut wie wir hier. Da sie aber noch als gesellschaftlich reformierbar gelten, hat der Staat die Hoffnung nicht aufgegeben, dass sie eines Tages als geläuterte Bürger in die Gesellschaft von Zehnwortsatzingen zurückkehren können".
Der Philosoph machte eine Pause und wir setzten uns wieder unter einen Baum.

„Gibt es denn keine richtigen Gefängnisse bei euch?", fragte ich nun.
„Ja, für Schwerkriminelle, für echte Umstürzler und solche, die als unbelehrbare, fanatische Regimekritiker eingestuft worden sind, die man für permanent gefährlich hält, weil sie nie eine Gelegenheit auslassen werden, das Volk zu verhetzen", sprach der Philosoph mit Bedauern.
„Ich hatte das Glück, nicht in diese Schublade gepresst zu werden", fuhr er fort, „denn ich gehöre zu den sanften Abweichlern, die ideologisch zwar schon bis zu dem Grad verbohrt sind, wo man sie nicht mehr in der Zehnwortgesellschaft dulden kann, die aber schnell resignieren, weil sie nicht das Zeug und den echten Willen haben, andere Menschen mit ihrem „gefährlichen Gedankengut" zu infizieren. Das eben war mein Glück; so wurde ich nur in die Wälder verbannt und kam nicht in den Bunker..."

Ich nickte verständnisvoll und war etwas traurig.
„Und wo treiben sich die anderen Oppositionsgruppen herum, von denen Sie gesprochen haben?", fragte ich.
„Überall und nirgendwo", bekam ich die lakonische Antwort, „die streifen ziellos in der Gegend herum,

haben sich lächelnd in ihr Schicksal ergeben und machen keinen auffälligen Krawall. Es sind eigentlich ganz glückliche Menschen", behauptete er nicht ganz überzeugend.

Auf einmal fiel mir auf, dass ich die merkwürdige Gestalt, die mir da so stoisch im Unterholz gegenübersaß, die ganze Zeit über – wenn auch nur im Geiste – lediglich als den „Fremden" tituliert hatte. Jetzt erst überkam mich das Verlangen, seinen Namen zu erfahren. Darauf angesprochen, erhielt ich von ihm unter tausenderlei Entschuldigungen Genugtuung: Stanislaus Marx-Engels sei sein Name, sagte er. Erschrockensein und Belustigung zugleich über dieses neue Buchstabenmonster wechselten sich in meinem erschöpften Bewusstsein ab. Ich begehrte Aufklärung, die mir der einsichtige Philosoph auch sogleich gewährte.

Dieser Name sei ihm staatlicherseits aufoktroyiert worden wegen seiner angeblich linken Ideenwelt. Der Name war wie ein Stempel – im gewissen Sinne sei er nun doch gezeichnet. Natürlich fügte er sich noch einigermaßen passend in die Zehnwortregel ein, wie er mir vorhin schon ausgeführt habe, wobei der Philosoph seinen echten Namen aus begreiflichen Gründen lieber ungenannt lassen wollte, schon um unser beider Sicherheit zuliebe. Sein seltener, altertümlicher Vorname aber sei authentisch, wurde mir von ihm mit Verve versichert.

Schließlich erklärte ich ihm, dass es für mich an der Zeit sei, sein betörendes „AKIREMA" wieder zu verlassen, um meine Bildungs- und Erleuchtungsreise außerhalb seiner Mauern fortzusetzen. Er gewährte mir diesen Begehr unter vielen Glückwünschen, ebenso verabschiedeten sich seine Begleiter, die sich zum Abschied zu uns gesellt hatten, sehr freundlich von mir, auch das Mädchen, das wie Tamara Hope aussehen könnte.

Und so brach ich wieder auf ins Ungewisse, aber frei und glücklich.

7. KAPITEL: DER NEUE AUFBRUCH – EINDRINGEN IN DIE BIBLIOTHEK VON ZEHNWORTSATZINGEN

Nachdem die Kunde durch das Land gegeistert war, ich sei nun annähernd „zehnwortkonform" geworden, da suchten plötzlich sogar die verstocktesten Geister Kontakt mit mir aufzunehmen: Das Durchbrechen der Kommunikationsschranken, die mich bisher gehemmt hatten, einen echten Kontakt mit den Zehnwortianern herzustellen, war endlich gelungen. Ich hätte jederzeit einen vollgepfropften Terminkalender haben können, wenn ich das gewollt hätte. Die erste interessante Neuerung war: Man hatte mir eine Zehn-Wort-Gastprofessur an der Universität von Zweieichen angeboten. Ich sagte, ich wolle es mir nach wohlwollender Prüfung durch den Kopf gehen lassen. Das Angebot war eine ganz schöne Überraschung für mich gewesen, weil ich eigentlich fest damit gerechnet hatte, außerhalb der Außenseiter-Kolonie sofort wieder unter den Beschuss der Zehn-Wort-Fanatiker zu geraten; allerdings kam es hin und wieder einmal vor:

Heute früh zum Beispiel hatte mich eine Frau in der Bibliothek von Zehnwortsatzingen erkannt, und sie hatte mich angeherrscht, ich hätte an diesem ehrwürdigen Ort nichts verloren, und sie sagte so etwas, wie „ich solle mich zum Teufel scheren", denn ich sei ein verderblicher Jünger des „Zehngehörnten", oder so ähnlich ...

Ich habe immer noch nicht ganz verstanden, was genau sie damit meinte, doch das Wort „Teufel" wagte offensichtlich niemand hier auszusprechen.

Ich würde die guten Zehnwortsitten verderben, sagte die Frau noch, und dann hatte sich noch so ein Spießertyp zu dem Gekeife dazugesellt, er hatte mich auch erkannt. Wie könne man es plötzlich wagen, mich so dreist auf die Gesellschaft loszulassen, brüllte er laut in den antiken Säulengang hinein, worauf ich ihn phlegmatisch befragte wie ein Orakel, welche Gesellschaft er denn überhaupt meine: Denn derer gäbe es ja mehrere, die zehnwortige, die der Ausgestoßenenkolonien, oder die Meereszornsche Gesellschaft, die ja offensichtlich eine Clique der gesonderten Art darstellte. Ehe der Mann wieder zu seinem unbeherrschten Gebrüll hervorstoßen konnte, war ich auch schon verschwunden, irgendwo in den Windungen der vielfältigen Gewölbe der alten Bibliothek, bekam aber noch Fetzen einer unbeschreiblichen Hasstirade mit, die mir von berufenem Zehnwortmund entgegengeschleudert wurde.

Heiteren Gemütes jedoch entfleuchte ich in die Subskriptionsabteilung, weil ich der Meinung war, ich hätte nun nichts mehr zu befürchten, da ich nun unter dem Schutz eines höheren Sterns stand.
In dieser Abteilung war ich gerade richtig: Man empfing mich in der Lobby mit Jubelschreien, weil man in mir den erhofften Schreiber meiner Lebensgeschichte erkannt hatte, wie ich sogleich von einem Fan erfuhr.

Wie ich denn in so kurzer Zeit einen so breiten Wirkungskreis hatte ziehen können, und darüber hinaus einem so breiten Publikum bekannt geworden sei, fragte ich verdutzt, denn ich konnte mich nicht daran erinnern, jemals in einem Zehnwort-Wettbewerb im Fernsehen aufgetreten zu sein (es sei denn als willenlos Betäubter, zum Beispiel).

Da erleuchtete mich eine begeisterte, junge Frau, die zu mir trat und mir erklärte, wie es zu meiner Bekanntheit kam: Das von mir im Zentralinstitut für Wortbedeutung mit dem mechanischen Egalisator im Zehnwortsatz geführte Sprichwörterduell war von vielen Filmkameras aufgezeichnet worden und letzte Nacht im gesamten Land zur riesengroßen Begeisterung des größten Teils der Bevölkerung gesendet worden – im Ersten Staatlichen Zehnwortprogramm! – Über Nacht war ich eine Berühmtheit geworden!
Nach der Erklärung bat mich die junge Frau gleich um ein Autogramm. Ich gewährte es ihr und staunte: Die ganze Zeit über war ich als Geächteter wie ein Schatten ohne Persönlichkeit durchs Land gegeistert, wurde im Rundfunk und in der Presse verteufelt und unter Beobachtung gestellt.
Und nun dieser plötzliche Umschwung!

Das gefiel mir, ehrlich gesagt, auch nicht so recht. Ich war denn auch mehr verwirrt als erfreut, als mich Scharen meiner Anhänger umringten und jubelnd Rechenschaft von mir über einen Umstand forderten, von dem ich noch gar nichts wusste, eine Sache, die mir offenbar vom Fernsehen angedichtet worden war:

Wann denn nun das erste Buch erscheine?, fragte jemand atemlos. Ich fragte natürlich zurück, was für ein Buch er meine, eventuell meine vorhin angesprochene Lebensbeichte?

„Nein", erwiderte der Mann, „das Buch zum Film natürlich!"

„Das ... das Buch zum Film?", stotterte ich.

So etwas gab es hier also auch noch, meine Güte!

„Ja, das Buch zum Film", wiederholte die erste junge Autogrammjägerin von vorhin, die sich unter Aufbietung all ihrer Kräfte wieder zu mir vorgekämpft hatte.

„Das Buch, das Sie versprochen haben, über Ihre rhetorische Begegnung mit dem mechanischen Egalisator zu schreiben, denn fast jeder Fernsehzuschauer war so begeistert von dem brillanten, witzigen Rededuell, dass er den Wortlaut noch einmal in schriftlich niedergelegter Form genießen will, denn bei uns gibt es keine „Vidi-Aufzeichnungsgeräte", oder wie das bei Ihnen auf der Erde heißt ...", keuchte sie.

„Wann also schreiben Sie das Buch?", schob sie keuchend, triefend nass von dem Gedränge und Geschubse nach.

Das also war ihr drängendes Anliegen!

Es war nicht zu fassen, wie schnell ein Stimmungsumschwung in der Gesellschaft vonstatten gehen konnte!

Ich lächelte und wusste eigentlich gar nicht, worüber.

Zuerst einmal vertröstete ich die Masse, ohne ihr gleich eine kategorische Absage zu erteilen. Dann sah ich mich in der Subskriptionsabteilung um, soweit die an mir wie Pech klebenden Massen das überhaupt zuließen. Ein anderer Mann hielt mich am Ärmel meiner restlichen Jacke fest.

„Wissen Sie, dass die Umfragen ergeben haben, dass 80% aller befragten Zehnwortianer Sie als Sieger erklärt haben bei Ihrer Argumentation mit dem mechanischen Egalisator?", fragte er mit leuchtenden Augen.

Ich verneinte wahrheitsgemäß.

„Sagenhafte 80%! Darauf können Sie stolz sein, Mann, darauf können Sie sich echt was einbilden, Fremder, das hat noch keiner geschafft, fast alle Zehnwortianer stehen hinter Ihnen!", sprach er schnaufend und klopfte mir den Staub von der Schulter.

„Also, beeilen Sie sich bitte mit dem Schreiben, wir alle warten auf das Buch, nicht wahr?", wandte er sich mit dieser rhetorischen Frage an das umstehende Publikum, das auch gleich in neue Jubelstürme ausbrach, und mich wie einen Star altmodischen Zuschnitts frenetisch beklatschte. Ein seltsamer Umstand, den wir auf der Erde gar nicht mehr kennen, denn so etwas wie „Stars" gibt es dort schon lange nicht mehr. Und wenn doch, dann würde sich keiner für sie interessieren.

Endlich hatte ich also einmal den Status eines Siegers erreicht! In einem Rededuell, das mich doch eigentlich nur auf meine Zehnwortunterwürfigkeit hin überprüfen sollte – das allein war der Primärzweck! Aber das würde doch bedeuten...

Erneute Impulse der Angst durchströmten mich: Ging ich als Sieger in dem Befragungsgespräch hervor, so würde das unweigerlich bedeuten, die Zehnwortianer standen auf Seiten eines aufsässigen Abtrünnigen von der Erde, der dem staatlich verordneten Sprechschema die Stirn geboten hatte, und das mit Erfolg. Dies konnte doch keinesfalls die Zustimmung der staatlichen Organe finden, die mich fürderhin in noch größeren Acht und Bann schlagen müssten, wollten sie nicht eine beginnende Auflösung der Ordnung in Kauf nehmen.

Wirklich, auf einmal war mir, als sei es gar nicht gut um meine Zukunft bestellt, trotz des Teilerfolges, den ich hier erringen konnte. Denn würde erst einmal die Zehnwort-Sprechweise angetastet werden, müssten andere gesellschaftliche Auflösungserscheinungen unweigerlich nachfolgen.

Dazu muss ich allerdings bemerken, dass die mich umringenden Zehnwortianer derart ultimativ konditioniert waren, dass sie sich selbst in ihrem fanatischen Jubeleifer meiner Person gegenüber zu keinem Zeitpunkt dazu hinreißen ließen, aus der Zehnwort-Satznorm auszubrechen: Alle ihre Fragen an mich, die ich in so lockerer, ungeordneter Satzmanier wiedergegeben habe, waren wie selbstverständlich weiterhin in korrekte Zehnwort-Satzgewebe gekleidet. Keiner hatte sich sprachlich gehen lassen. Doch wie lange würde dieser Zustand noch anhalten? Oder war alles wieder nur ein einziges, von den Behörden inszeniertes Theater mit von Schauspielern gestellten Szenen? Um mir eine

Falle zu stellen? Diese Möglichkeit würde ich natürlich immer in Betracht ziehen müssen.

Doch schließlich beschloss ich, mir das bunte Treiben in der Subskriptionsabteilung etwas näher anzusehen: An frei aufgestellten Tischen walteten die Geschäftsträger ihres Amtes, begrüßten mich herzlich, und stellten mich mit freudiger Erregung den wartenden Publikumsschlangen vor, die sich sofort wieder um mich scharten.
Die Subskription ist ja ein schon seit dem 18. Jahrhundert angewandtes Verfahren (das möchte ich als Historiker ausdrücklich dazu anmerken), das darin besteht, für ein Werk schon vor seinem Erscheinen Bestellungen zu sammeln. Und das tat man nun mit umso vehementerem Eifer, da ich nun persönlich anwesend war, denn es ging ja um mein Werk, das so sehnlich erwartet wurde.
Nun konnten die Lektoren und anderen Sachkundigen den Massen ihren Autor persönlich aufbieten, und das taten sie mit marktschreierischer Eloquenz, aber auch Eleganz, wie ich zugeben musste. Um den Anreiz zu erhöhen, wird der Subskriptionspreis niedriger bemessen als der spätere Ladenpreis. Meine unverhoffte Präsenz trug natürlich dazu bei, dass die Menschen von den Lektoren nur noch schneller und zehnwortaktiver dazu angetrieben wurden, sich in die Subskriptionslisten einzutragen, wozu sie sich nicht lange bitten ließen.
Ein Ansturm auf die Listen begann, dass man hätte meinen können, es würden Urlaubsscheine für die Paradiesinsel Capri auf der Erde ausgestellt! Dazu würde es jedoch so bald nicht kommen.

Ich flanierte durch das bunte Treiben. Überall Bücherstände mit schon verfertigten Werken; ich war neidisch auf die Autoren, die ihre Werke schon zu Papier gebracht hatten.

Auf einmal durchzuckte mich eine große innere Freude: Endlich entdeckte ich auch einen Bücherstapel mit den Werken von Tamara Hope; im Hintergrund kündete ein Lektor der Menge von meinen zu lobenden Verdiensten.

Ich hastete hin zu Tamaras Büchern, griff mir ein sperriges Werk und öffnete den Buchdeckel: Tamara war staatlich anerkannte Propagandistin für Zehnwortlyrik und zehnwortiges Liedgut im allgemeinen, erfuhr ich über ihre genaue Berufsbezeichnung. Doch was mich in besonderem Maße entzückte, war etwas anderes: Ein Bild von ihr befand sich auch dabei, und zwar auf dem rückwärtigen Buchdeckel! Sie sah beinahe so aus, wie ich sie mir auch vorgestellt hatte: Wunderschön!

Kastanienbraunes kurzes Haar, üppig ungewellt, eine Art Helmfrisur; ungelockt, fransig in der Stirn, einfach alle Spielarten waren in dieser Frisur zu finden. Ein betörendes, verspieltes Lächeln um die leicht geschürzten Lippen des großen, vollen, verführerischen Mundes mit einem niedlichen Grübchen im Kinn rundeten ihr Profil ab wie zu einer neckischen Kussaufforderung. Das war mein spontaner Eindruck von der verführerischen Sirene, die mich schon im Zehn-Wort-Wald mit ihrem unvergleichlichen Gesang so betört hatte.

Ihr Gesicht wies eindeutige, unverkennbare romanische Gesichtszüge auf, mit dem leicht gelblich-

braunen Teint, den kleinen, dunklen Augen, die allerdings, genau wie der große Mund nicht gerade dem vorherrschenden Schönheitsideal entsprachen, denn zeitlos heißt das Schönheitsideal bei Frauen gerade umgekehrt: Große Augen und kleiner Mund.
Doch dieser scheinbare Makel in Tamaras Gesicht entfachte um so mehr meine neu aufkeimende Leidenschaft für sie, mein Herz raste vor fiebriger Erregung, ich wollte ihr endlich persönlich begegnen!

Aber welcher Schrecken!
Ausgerechnet jetzt, inmitten meines Liebesdrangs, wandte sich der Lektor an mich persönlich, weil ich eine Rede halten sollte, meine schreiberischen Absichten und Ambitionen erläutern sollte!
Das konnte mich nicht schlimmer treffen!
Ich bat um einen Moment Bedenkzeit, weil mich die Bitte ja völlig unvorbereitet traf. Es wurde mir gewährt, doch konnte ich mich unmöglich den allseits geäußerten Autogrammwünschen entziehen, die mich ja erst zum Helden machen würden.
Jetzt galt es, schnell zu überlegen, wie ich mich aus dieser Sache herauswinden könnte...
Zettel, Notizbücher und Ähnliches wurden mir bereits hastig gereicht.
Anstelle eines korrekt ausgeführten Namenszuges warf ich den Fans einen unleserlichen Kringel hin; ich hörte, das wäre früher so üblich gewesen bei Autoren, das erhöhe ihre Exzentrizität, verleihe ihnen eine Aura des Magischen, Unnahbaren ... Das erhebe sie in andere, überirdische Gefilde, oder so ähnlich ...
Heute wäre solch ein närrisches Gehabe ja völlig undenkbar auf der Erde, wo kein Mensch mehr etwas

mit der Hand schrieb, allein schon deshalb nicht, weil heutzutage einfach kein Mensch mehr ohne die Hilfe eines Computers schreiben konnte.

Das heißt, schreiben konnten sie auch dann nicht, die Menschen drückten auf Tasten, auf denen sich Piktogramme befanden, die je nach Symbolen die gewünschten Texte selbstständig aufsetzten; ein Piktogramm für jedes Sachgebiet – denkbar einfach!

Ich als einer der wenigen konnte noch richtig mit der Hand schreiben, weil ich ja selber als Historiker noch imstande sein musste, alte Handschriften zu entziffern. Zum Beispiel solche aus fern entrückten Zeiten, aus dem 21. Jahrhundert unter anderen, das uns so rätselhaft und fremd erschien wie die Steinzeit. In so einer Zeit befand ich mich ja augenblicklich in gewissem Sinne auch.

Während ich signierte, dachte ich unentwegt an Tamara, ihr Bild hatte mich in solch wahnsinnige Erregung der Leidenschaft versetzt, dass mir die Finger zitterten. Meine Unterschrift rief lautstarke Begeisterung und Beifall hervor, so als hätte ich bereits den Bestseller des Jahrhunderts verfasst. Was waren das doch für merkwürdige Leute, unsere Vorfahren! Sie konnten sich derart für Nichtigkeiten begeistern, alles Reaktionen, die wir Heutigen nicht mehr verstehen.

Bei uns auf der Erde werden gerade die Bücher prämiert, die die wenigsten Leser haben, denn unsere Lektoren sind der Auffassung, dass nur ein Buch, das ein relativ ungelesenes Dasein genießt, einer literarischen Besprechung wert ist, weil die Buchkritiker es verschmähen, dass die Leser dem

Massengeschmack der dürftigen Schmöker und Kriminalreißer hinterherlaufen.

Es ist ja auch viel interessanter, und gesellschaftswissenschaftlich nutzbringender für die Literaturforschung, herauszufinden, warum gerade dieses eine Buch von den Lesern so verschmäht wird.

Bei uns sind es also nicht die Bestseller, sondern die sogenannten „Zeroseller", die die gebührende Beachtung finden.

Wie ich denn mein Buch zu betiteln gedenke, wollte eine junge Frau wissen.

Ich, schon zehnwortgeübt, sagte gleichgültig zu den brav in Zehnerschlangen anstehenden Menschen: „Das entzieht sich bis zum gegenwärtigen Augenblick leider meiner Kenntnis..." Pause. „Ich trage mich mit dem Gedanken eines äußerst exotischen Titels". Pause.

Kurzes Luftholen, geniales Improvisieren, Hauptsache, die Massen sind zufrieden.

„Die Angst des Buches vor der Furcht des ersten Zehnwortlesers". Pause.

Als sie meinen Vorschlag hörten, lachten zehn Leute zehnmal kurz hintereinander auf.

Ich konnte mir allerdings durchaus vorstellen, dass mein Buchtitel ohne Weiteres auch ganz anders lauten könnte; nach einer weiteren, blumigen Zehnwort-Einleitung die mir jetzt bedingungslos und flutschig zuströmte, dass ich mich, ohne es zu bemerken, inmitten meiner so gefürchteten Ansprache befand, und so schlug ich dem zehnwortbetörten Publikum eine weitere Variante vor: „Verdichtete Zehnwortverse eines jeder literarischen Neuerung durchaus aufgeschlossenen, irdischen Zehnwortneulings".

Ausführend erklärte ich, dass man diesen Titel auch als Untertitel des erstvorgeschlagenen Buchtitels anhängen könnte(„annexen" sagte man heutzutage bei uns auf der Erde dazu); als „kombinatorische Variante eines der initialen Zehnwortfurcht geläuterten Newcomers zehnwortvariabler Fersdichtung", wie sich die irdischen Literaturwissenschaftler fachspezifisch in einem solchen Fall ausgedrückt hätten, wären sie in meiner Lage gewesen.

Dabei bat ich meine in Ehrfurcht erstarrten Zuhörer zu bedenken, dass bei uns die „Versdichtung" tatsächlich inzwischen mit „F" geschrieben wurde, weil sich die Erdlinge unter so etwas Altertümlichem wie „Versen" nichts mehr vorstellen konnten.

In Versen zu dichten war längst hyperout, wie wir uns auszudrücken pflegten, erklärte ich meiner Zuhörerschaft: „Unter einer „Ferse" hingegen kann der Erdenbewohner sich immer noch etwas vorstellen, denn die heutigen Erdlinge sind Menschen, die immer gern mit den Füßen auf dem Boden der Tatsachen verweilen möchten".

Die Zuschauer lachten und klatschten Beifall.

Wohingegen solch ein versponnener Berufszweig wie die Versdichtung längst in den Bereich der Sagen und Mythen verwiesen worden war, bei uns auf der Erde.

Solche Gebilde gelten bei uns als von Göttern oder Elfen verfasst, und die Computer haben ihre Schwierigkeiten, den kryptogenetischen Quellen dieser verwunschenen Gebilde nachzuspüren. Doch das war ein anderes Problem, über das ich mich hier nicht weiter auslassen konnte. Nur soviel möchte ich dazu noch sagen, dass unsere Welt derart fortschrittsgläubig und technokratisch ausgerichtet ist, dass einfach kein Mensch mehr bei uns auf der Erde glaubt, jemand hätte einst in grauer Vorzeit etwas derart Überflüssiges wie „Versdichten" vollbringen können, also etwas, das überhaupt nichts zur Beschleunigung des technischen Fortschritts beitrug.

Schweißüberströmt ließ ich mich feiern, und merkte dabei immer deutlicher, wie meine Kräfte nachließen. Der Subskriptionsabend war aber noch weit davon entfernt, einem Ende zuzustreben, da kam mir die Rettung in Gestalt von Erfrischungen, die den Gästen und mir gereicht wurden. Dieser kleine Imbiss bot allerdings nur einen kurzfristigen Anlass zur Rekreation meines erschöpften Geistes, denn kurze Zeit später wurde ich schon wieder von allen Seiten bestürmt.
Diesmal von zwei Vertretern der lingufaschistischen Fakultät von Zweieichen, die ganz plötzlich auf den Plan getreten waren. Die beiden gehörten dem abtrünnigen Wissenschaftszweig an, der die Sprache radikal subsumieren wollte, bis sie auf einen rudimentären Kern zusammengeschnurrt wäre, wo die Wörter in eine derartige Kürze komprimiert wären, dass man sie zu einem einzigen, infiniten Wortgebilde zusammenziehen könnte. Das sähe dann in etwa so aus:

„JEDMENISFREIGEBBESTIMBERUFSFINDDUN
GSELBSTIMPULSPARTEIMITMENSUNDWAHLP
LAZWONKARIERECHTARBEITNICHTFINDLOH
NZALMACHUNGANDERAUFGABSNÜTZGESEL
LSCHAFT ... usw.

Was in unseren an Harmonie gewöhnten Ohren noch
schrill klingt und befremdend anmutet, ist in Zeilen
von Zehnwortsatzingen durchaus schon praktizierte
Realität, was das unendliche Zusammenziehen von
Sachverhalten betrifft.
Ziel dieser Lingufaschisten ist die letztendliche
Kreation des „unendlichen Wortes“, das alle
Weisheiten der Galaxis beinhaltet, das Wort, das
absolute Wort, das alles nur denkbar Mögliche
aussagt.
Als ich sie jetzt diskret in einer kleinen Nische auf die
immensen Schwierigkeiten bis zur Verwirklichung
dieses hehren Zieles aufmerksam machte, gaben die
beiden Sprachexperten auch ohne Weiteres kleinlaut
zu, dass der Weg zum absoluten Wort noch sehr weit
wäre. Dazu müsste die Sprache ja schrumpfen bis zum
Gehtnichtmehr, bis zum kleinsten gemeinsamen
Nenner des Aussagegehaltes, so gab ich den beiden
Herren zu bedenken.
„Ausgezeichnet“, lobten sie mich, ich hätte das
Problem exakt wissenschaftlich durchdacht, so
brillant, als wäre ich einer der Ihrigen.
Besser noch – ich sei sogar eine Koryphäe auf diesem
Gebiet, noch um eine Spur brillanter als der berühmte
Linguist Professor Tarkosowski, der sich eben mit
diesem „kleinsten gemeinsamen Nenner des
Aussagegehalts“ in seinem Hauptwerk „Wikönal“

(Wir können alles) beschäftigt habe. Er könne heute leider nicht anwesend sein, um mit uns darüber zu diskutieren, da er sich gegenwärtig in Zehnbuchen aufhielte, und er dürfe seine Arrestzelle bis auf Weiteres nicht verlassen, erklärten mir die beiden Sprachexperten mit einem bedauernden Lächeln.

„Wieso denn das, meine Herren?", fragte ich unbehaglich.
Vor Schreck hätte ich beinahe meinen Sekt auf dem Frackschoß der einen ehrwürdigen Person verschüttet, was er mir sicherlich nicht übel genommen hätte, da ich diesen Patzer bestimmt durch meine kongeniale Perzeption der Theorien meiner beiden Weisen des Wortes wettgemacht hätte.
„Oh, Professor Tarkosowski ist durchaus schon auf dem richtigen Weg gewesen mit seiner phänomenalen Theorie des „Kleinsten Gemeinsamen Vielfachen an reduziertem Aussagegehalt", meinte einer der Sprachprofessoren lachend, „es ist ihm bereits gelungen, sein eigenes Hauptwerk „Die Theorie des eigendynamisch forcierten Sprachschwundes bis zur minimalsten Wurzelreduktion" auf ein einziges, gigantisches Wort zu komprimieren, dessen Inhalt natürlich so lang ist, dass wir ihn hier unmöglich wiedergeben können..."
Der andere Sprachprofessor lächelte bedeutungsvoll und fuhr für seinen Kollegen fort: „Nur hat der gute Professor Tarkosowski einen kapitalen Fehler gemacht: Meereszorn fühlte sich in seiner Zehnwortehre verunglimpft durch Verwendung eines ungehörigen Reimes durch Professor Tarkosowski:

Im Einleitungskapitel seines Buches nämlich kam Tarkosowski nicht darum herum, einen Lobvers auf den hohen Staatschef zu dichten, das ist hier so ein übliches Einleitungsritual ... In seiner gereimten Widmungsrede an seine allerhöchste Majestät, den „großen M" also, war Tarkosowski über die Tatsache gestolpert, dass es einfach zu wenig echte Reime auf den Namen „Meereszorn" gab; der Bombast mit dem „Born" war stilistisch schon derart ausgeleiert, dass er unmöglich noch einmal verwendet werden konnte, wie zum Beispiel in dem schwülstigen Ehrenvers „Hans-Dieter Meereszorn – der Spracheinheit Born".
„So fiel dem verzweifelten Reimer Tarkosowski schließlich nur noch „Horn" als Reim ein", sagte sein Kollege, „also dichtete der überforderte Linguist:"

IN UNSERER GRENZENLOSEN VEREHRUNG
FÜR MEERESZORN
STOSSEN WIR ALLE JUBILIEREND IN EIN
UND DASSELBE HORN...

„Meereszorn jedoch, den auch wir fürderhin ehrfurchtsvoll mit M. abkürzen wollen, fühlte sich durch diese Ode gekränkt, weil er nicht mit dem gleichnamigen „Hornvieh" verglichen werden wollte, obwohl der gute Professor Tarkosowski unter Eid versicherte, diese „weithergeholte Assoziation" mit keiner Silbe nahelegen zu wollen.
Doch der große M. war durch diese Versicherung keinesfalls versöhnt.
Außerdem, ließ M. durch seine Zehn-Wort-Kritiker bekritteln, sähe man an diesem Holpervers deutlich, dass Tarkosowski zwar ein exzellenter Linguist sein

möge, aber ein sehr schlechter Dichter mit zweifelhaftem Geschmack, der sich der Zehnwort-Gesellschaft als unwürdig erwiesen habe, und das könne ihm auf keinen Fall verziehen werden. Er habe den höchsten Würdenträger des Staates in der Öffentlichkeit lächerlich gemacht, was unwiderruflich seine Beseitigung aus der Gesellschaft zur Folge hatte: Diskret und unauffällig wurde er zehnwortbehandelt durch den großen „Zehnwort-Programmator". Und bis zur endgültigen Heilung verbleibe er in Zehnbuchen, zum eigenen Schutz, wie mir versichert wurde.

Neugierig, wie ich war, hätte ich gerne mehr über die Funktionsweise dieses „Zehnwort-Programmators" erfahren, doch beschloss ich schließlich, nicht weiter in die beiden ehrwürdigen Herren von der Lingufaschistischen Fakultät zu dringen, aus Sicherheitsgründen, versteht sich ...
Aus persönlichen Sicherheitsgründen, versteht sich noch viel mehr ...

Stattdessen lächelte ich nur gnadenlos auf die beiden freundlichen Herren hinab, und prostete ihnen mit meinem Sektglas zu, wie man eben zwei Persönlichkeiten zulächelt, mit denen man es sich auf keinen Fall verderben möchte.
„Sprache ist bei Ihnen wirklich leicht verderbliche Ware", meinte ich unsicher lächelnd und wie blöde zitternd, was ich tunlichst zu verbergen suchte, indem ich vorgab, leicht betrunken zu sein, und einige unsichere Tanzschritte zu der Orchestermusik machte.

„Sie sagen es, lieber Freund, die Bemerkung enthält viel Wahres", meinte einer der Lingufaschisten.

Beide trugen schwarze Sonnenbrillen und tief ins Gesicht gezogene, unmoderne Hüte. Dazu die obligatorischen Nadelstreifenanzüge Chicagoer Gangster der Dreißiger Jahre des 20. Jahrhunderts auf der Erde.

Diese finstere Ausstaffierung passte einfach tadellos zu ihrer dunklen Gesinnung als Sprachvergewaltiger, denn wie anders hätte man sie sonst bezeichnen sollen.

„Die Diktatur beginnt mit der Kontrolle der Sprache und endet mit der Abschaffung des herkömmlichen Menschen", hatte mir der Philosoph beim Abschied noch gesagt, und jetzt wusste ich, dass ich gut beraten war, es nicht zu vergessen. Die beiden freundlichen Herren hier konnten meine Rettung sein oder mein Verderben: Ich konnte es mir aussuchen. Einen Mittelweg gab es da wohl nicht, bei diesen Typen der Marke „Alles-Oder-Nichts".

Denn sie waren nur oberflächlich lächerliche Al-Capone-Verschnitte, unter ihren Anzügen klopfte ein Herz im rechten Zehnworttakt. Außerdem hatten sie die sentimentale Neigung, unbequeme Menschen verschwinden zu lassen, ohne dabei im Entferntesten böswillige Absichten zu hegen; sie handelten einfach nur nach Vorschrift, Sitte, oder Laune.

Beide Herren beglückwünschten mich noch einmal und meinten, ich würde es in ihrer Gesellschaft noch weit bringen, wenn ich so weitermache. Dabei hoffte ich inständig, mit „ihrer Gesellschaft" meinten sie wirklich die ganze Gesellschaft, und nicht nur die Gesellschaft von ihnen beiden!

Beständig eingekeilt zwischen den beiden Sprachschrumpfern, nein danke!

Eilfertig versicherte ich sie meiner großen Sympathie für ihre selbstlose Verkleinerungstätigkeit und lobte im vollendeten Zehnwortsatz ihre Beredsamkeit, dankte ihnen für ihre Gesellschaft und das mir entgegengebrachte Vertrauen, und was man sonst noch alles an Halbwahrheiten und Dreiviertellügen auftischt.

Doch war ich mir plötzlich bewusst, bereits derart tief im Räderwerk der Zehnwort-Heuchelgesellschaft aufgegangen zu sein, dass ich schon ein vollendeter Mitspieler geworden war!

Mit Fug und Recht hätte man mich „Mister Wortverdreh" nennen können.

Na ja, was tut man nicht alles für seine Gesundheit!

Und tatsächlich: Die beiden Herren kamen ganz zum Schluss noch auf meine Gesundheit zu sprechen: Es wäre meiner Gesundheit nicht abträglich, wenn wir uns bald wiedersehen würden; so verabschiedete sich der Ältere der beiden gleich aussehenden Gestalten von mir, nicht ohne mir vorher seine Zehnwortkarte geschenkweise zu überlassen, die ich dankend in Empfang nahm.

„Ich selber kann Ihnen leider nicht in gleicher Hinsicht dienlich sein", sagte ich bedauernd, „da ich noch nicht weiß, wo ich demnächst überhaupt wohnen werde", erläuterte ich wahrheitsgemäß.

Das sei überhaupt nicht von Belang, versicherte mir der Jüngere, sie wüssten immer, wo ich mich gerade befände, selbst wenn ich es selber nicht wüsste...

„Daran zweifle ich keine Zehntelsekunde", hütete ich mich keinesfalls zu sagen, worauf der Ältere nicht sagte, ich solle auf mich aufpassen.

„Pardon: Keine Zehnwortsekunde, wollte ich natürlich sagen", korrigierte ich mich schelmisch.

Was sie aber sagten, war, dass sie bei meiner Person, im Zeichen unserer Freundschaft und gegenseitigen Verbundenheit, künftig davon absehen wollten, und das auch wohlwollend täten, mir weiterhin den Zehnwortsatz bei unseren zukünftigen Plaudergesprächen zuzumuten. Ich könne von nun an die freie Rede verwenden, dies sei ein großes Privileg, das sie mir da gewährten, ich solle es nicht verwirken...

Ich nickte dankend, sie entfernten sich verabschiedend, ich verabschiedete mich winkend, sie winkten sich entfernend zurück, ich ging ein paar Schritte in die eine Richtung, sie in die andere, drehten sich noch einmal um, winkten nochmals, ich schaute zurück, lächelte ihnen zu, sie lächelten zurück, schauten und winkten, vielleicht wankten sie auch ein wenig, denn sie hatten schon viel Alkohol intus. Ich schaute weg und ging, sie waren schon verschwunden; ich fragte mich, wohin so schnell? Dann wiederum war es mir auch egal.

Was tut man nicht alles zur Wahrung der Etikette!

Grüßt mir den großen M., wollte ich ihnen noch nachrufen, tat es dann aber doch nicht. Wieso war mir überhaupt dieser Gedanke in den Sinn gekommen; konnte ich mich denn gar nicht mehr beherrschen?

8. KAPITEL: DIE LETZTE RETTUNG: DIE ZEHNWORTPILLE!

Es musste schon lange nach Mitternacht gewesen sein, doch die Uhren in der Bibliothek zeigten natürlich trotzdem nie eine Zeit an, die zehn Uhr überschritt. Ungeschickt hielt ich einen Kellner an und verleibte mir ein kostbares, kleines Tröpfchen ein: Chateau Margaux Dix. Ah, wie gut mir das tat. Und weiter ging es im Programm.

Es herrschte eine Hektik wie in einer Requisitenkammer vor der Theaterpremiere.

Lektoren rasselten Zahlen und angebliche Verkaufsziffern für das Publikum herunter, natürlich nicht von meinen Büchern, versteht sich. Was nunmehr folgte, erinnerte mich schon eher an eine Art Pressekonferenz, denn ich wurde von Journalisten gedrängt, in das grelle Licht der Scheinwerfer zu treten, die inzwischen überall aufgestellt waren.

Die Besucher traten unterdessen zu den Schautafeln der in der Lesergunst im letzten Jahr bestplatzierten Bücher.

Per Fernschreiber gingen die Daten Tags zuvor vertraulich ans Meereszornsche Gleichmacheramt, damit den zehnwortfrommen Herrscher ob der vielen schlechten, regelwidrigen Machwerke nicht der Schlag träfe.

All das erfuhr ich nun von der mir blind ergebenen Autogrammjägerin, die ich vorhin in der Lobby kennengelernt hatte, und die mir nun im Flüsterton diese interessanten Neuigkeiten zwischen meinen Antworten an die Presseleute mitteilte.

Damit die Bücher dennoch einigermaßen präsentabel für seine Zehnwortherrlichkeit waren, gab es zum Glück die „Linguistischen Aufputzer", die vorab stilistisch einwandfrei dafür Sorge getragen hatten, dass alle zehnwortanstößigen Passagen umredigiert wurden. M. bekam im Ernstfall also stets die aufgeputzten Werke zu Gesicht. Ob er sie las, oder ob er überhaupt je gelesen hatte, war nicht bekannt. Vielleicht war er des Lesens gar nicht mächtig, und verbarg sich deshalb so chronisch scheu vor der Öffentlichkeit, damit das nicht ruchbar würde, überlegte ich.
Jetzt also, zu beträchtlich vorgerückter Stunde, verkündete ein Festredner –ich weiß nicht, ob das seine Funktion war, ich nannte ihn einfach mal so, weil mir langsam die Worte fehlten – es wären schon Tausende von Vorausbestellungen für mein Buch zusammengekommen.
Eigentlich eine stolze Bilanz für einen dahergelaufenen, gestrandeten „Verzehnwortsatzerten", mit Liebeskummer für eine Frau, die er gar nicht kennt, und die eigentlich sogar seine Feindin ist. Ein Mann, der außerdem eine ziemlich ungesicherte gesellschaftliche und politische Position bekleidete.
Ich dachte bei der Gelegenheit an die freundliche ideologische Zurechtstutzung durch die beiden herzigen Kerle von vorhin, die aus mir einen perfekten Lingufaschisten machen wollten. Da trat

unverhofft ein neuer Mann zu mir in den Lichtkreis, der mich überschwänglich begrüßte, mir unbeholfen auf die Schulter tapste, mich dann nötigte, ihm die Hand zu reichen.

„Freut mich, Sie kennenzulernen, verehrter Erdling, ich bin Reverend Glaubrecht", sprach er mit gnadenlos kieksender Stimmbruchstimme, der kleine, schmächtige, kahlköpfige Eierkopf, ganz in schwarz gekleidet. Ich war so gerührt über so viel Unsicherheit, dass er mir auf Anhieb unsympathisch war, darum quetschte ich seine Hand auch zusammen wie eine Zitrone. Ein unmelodiöses „Au" entrang sich prompt seiner dürren Kehle, ich hatte ihn schadenfroh völlig aus dem Zehnworttakt gebracht. Alle im Saal Befindlichen grinsten, manche schrien gar auf, doch hastig entschuldigte ich mich über Gebühr.

Doch ein scheeler Blick um mich herum versicherte mir, dass sich die Lektoren in ihrem hastig improvisierten Medienspektakel durch nichts aus der Ruhe bringen ließen: Seelenruhig fuhren sie fort mit den festen Ritualen ihrer routiniert inszenierten Bücherschau; mit starrem Ernst saß ein dicker Lektor im Hintergrund an seinem Tisch, vor ihm die Menschenmenge, er die Unterarme bedeutungsvoll auf die Tischkante gepresst, mit tiefer, monotoner Stimme irgendwelche Ziffern herunterrasselnd, die irgendwelche Werke betrafen. Markante, t-artig eingeschnittene Stirnfalten unterstrichen die Feierlichkeit seiner Botschaft, als er jetzt über ein bedeutungsvolles Werk aus dem Bereich der Zehnwort-Psychologie referierte, dessen Titel meine

aufs Geratewohl umherschweifenden Augen gerade
noch erfassten:
„Der Zehnwortsatz und seine sanfte,
tiefenpsychologische Anwendung bei motorischen
Störungen“.
Diesen Titel vermochte ich gerade noch von der
Schautafel abzulesen.

Den zu mir herüber dringenden Satzfetzen des
sicherlich interessanten Vortrages weiterhin zu
lauschen, war mir nicht vergönnt, da mich mein
verhinderter Seelentröster, der Reverend, wieder mit
aller Wucht in Beschlag nahm: Mit eher bekümmerter,
denn pastoraler Predigerstimme verkündete er mir
treuherzig: „Stellen Sie sich vor, ich habe alle Ihre
Bücher gelesen“, - er sprach es allerdings eher wie
eine Drohung aus –
„Ich selber habe übrigens auch ein Werk verfasst,
Herr Erdling“, platzte er, sich irgendwie ängstlich
umsehend, mit einem Geständnis heraus.
Worauf ich antwortete, indem ich wieder begann,
seine Hand zu drücken: „Na, das ist aber ein Zufall,
mein geehrter Reverend Glaubnicht“, sprach ich
lächelnd, „ich versichere Ihnen, auch ich habe keines
Ihrer Bücher gelesen“, deklamierte ich mit feierlichem
Ernst, fuhr dann frech in meiner irdischen
Sprechweise fort: „Was halten Sie übrigens von
meinem nicht geschriebenen, dritten Werk, das keinen
Titel trägt und sich nicht mit der bekannten
Allerweltsfrage rumplagt, warum gerade wir
Schriftsteller die geringste, Querulanten-Beamten-
Witwen aber die höchste Lebenserwartung haben?“

Dabei schob ich mich ganz nahe an ihn heran, denn ich merkte, das war ihm lästig.

Dem „Festredner" war dieses ganze Brimborium, das wir veranstalteten, hinderlich, um mit meiner korrekten Befragung fortfahren zu können.

Das erkannte auch die geistliche Persönlichkeit, daher zerrte sie mich aus dem Rampenlicht, begab sich mit mir in eine Nische, unter dem unglücklichen Blick des „Festredners", der offensichtlich nicht so geübt im Menschenwegzerren war.

Der Geistliche gab sich mir zu erkennen als staatlich beauftragter Zehnwortprediger mit einem Sonderauftrag:

Er stellte mir die sofortige Kontaktaufnahme mit meiner „Fernverehrten Dulcinea" in Aussicht – mit Tamara Hope! Als Gegenleistung sollte ich lediglich meine schriftliche Versicherung abgeben, mich nicht weiter in die inneren Angelegenheiten von Zehnwortsatzingen einzumischen, und keinen Skandal mehr zu machen!

Ich war verblüfft.

Als Beweis streckte mir der ehrlich aussehende Reverend ein Zertifikat vor, das Meereszorns eigenstes Monogramm trug; einfach ein großes, kunstvoll verschnörkeltes „M" war von ihm unter das Beglaubigungsschreiben gepinselt worden. Jetzt begann ich wieder zu vibrieren. Innerlich, nicht äußerlich.

Der Prediger stellte mir sogar den Erwerb der zehnwortianischen Staatsbürgerschaft in Aussicht, sollte ich mich zum gesellschaftlichen Stillhalten verpflichten. Doch bei dem Gedanken wurde mir ganz flau im Magen.

Ich beschloss spontan, lieber auf den ersten Teil seines Angebots zurückzukommen; denn das „Geisterwesen" Tamara stand mir immer noch näher als das obskure, geistlose und gesichtslose Zwitterwesen eines zehnwortianischen Staatsbürgers.

„Ja", erklärte ich freudig, ich wolle mit vollem Herzen zustimmen, wenn ich dafür Tamara möglichst bald sehen könne. Das wäre baldigst zu bewerkstelligen, versicherte mir der Reverend, und daraufhin unterschrieb ich ihm einen Vertrag, der alles regelte. Juristisch einwandfrei und charakterlich fair bestand der Zehnwortprediger darauf, dass ich mir den Vertrag vor der Unterzeichnung gut durchlas. Das tat ich.

Hoffentlich würde ich das trotzdem nicht bereuen, auf was ich mich da in meinem Liebeswahn eingelassen habe!, dachte ich mir im Stillen.

Nach Vertragsabschluss verfügte sich der Geistliche wieder zu der Festgesellschaft. Mir riet er, das Gleiche zu tun. Ich gab ihm Recht, denn die Leute von der Presse würden bestimmt noch einmal nach mir verlangen.

So verließ auch ich die Nische und fand unter stürmischem Beifall wieder meinen Eintritt bei der erlauchten Gesellschaft. Die Szenerie sah inzwischen nicht viel anders aus als vorher, nur befanden sich jetzt viel mehr Bücherstapel auf den Tischen.

Darunter entdeckte ich etwas Überraschendes: Ein als „Ketzerbuch" deklariertes Werk von Stanislaus Marx-Engels! Neugierig blätterte ich sofort in dem verrufenen Text, dann kam mir tatsächlich der unangebrachte Einfall, einen Lektor zu fragen, was man von den Werken „meines Philosophen" halte, doch ich erntete natürlich nur missbilligendes Kopfschütteln von ihm.

„Diese Bücher werden lediglich zur Abschreckung gedruckt", erklärte mir diskret ein an mich herangetretener Kritiker.

„Zur Abschreckung, ah, ja, ich verstehe", erkannte ich hellsichtig.

„Diese Bücher werden doch aber auch zum Kauf angeboten, oder nicht?", fragte ich nach.

„Natürlich werden sie das auch", bestätigte der Kritiker, „aber natürlich nur zum „Vernichtungskauf"".

„Ja, natürlich, was denn sonst?", bestätigte ich lächelnd und hob mein Glas auf den Kritiker, der weiter ausführte: „Denn es wird von jedem Käufer solcher Werke selbstverständlich erwartet, dass er ein solches Buch umgehend u n g e l e s e n vernichtet (er betonte „ungelesen")".

„Und das geschieht bei den wöchentlichen Bücherverbrennungen, im Zeichen der Ächtung aller Zehnwortkritiker, wussten Sie das denn nicht?" Ich verneinte.

Wunderbar, ich hatte wieder ein neues Wort gelernt: „Vernichtungskauf".

Ein neuer Gedanke kam mir: Und wenn nun der große „M" höchstpersönlich heute heimlich unter uns weilte? Vielleicht sogar hier auf der Bücherschau?

Ein interessanter Gedanke, aber wer sollte es sein? Mein augenblicklicher Gesprächspartner vielleicht, der Kritiker?

Ob er gar der verkleidete M. wäre, der unerkannt unter uns wandele, fragte ich den Kritiker interessiert.

„Wer weiß?", fragte er schelmisch zurück, und es wollte mir scheinen, die Bemerkung gefiele ihm, denn er drohte mir charmant lächelnd mit dem Zeigefinger.

„Vielleicht bin ich es ja wirklich?", sagte er lachend, „Ihnen jedenfalls traue ich zu, dass Sie hinreichend intelligent sind, um das im Laufe des heutigen Abends noch herauszufinden", ergänzte er schmunzelnd.

Ich verabschiedete mich von dem Kritiker und sah mich um im Saale.

Wer von den Anwesenden hätte noch der große M. sein können?

Oder eventuell der muntere Festredner, der mich augenblicklich zu sich herüberwinkte? Wahrscheinlich war wieder mal eine Ansprache fällig.

Und so war es dann auch.

Und der massige Lektor am Pult?, überlegte ich, während ich zu den Journalisten hinüber schlurfte.

Unwahrscheinlich.

Leise Zehntonmusik klang gedämpft aus einem versteckt angebrachten Lautsprecher.

Es handelte sich dabei um die „Rhapsody in Ten" von George Gershwin dem Zehnten, wie mir ein hemmungslos herumschusselnder Kellner fröhlich hintertrug, als ich ihn nach dem Namen dieses Musikstücks fragte.

Tatsächlich war es für mich an der Zeit, eine neue Ansprache zu halten.

Ich war hundemüde, denn meine letzten Kraftreserven waren endgültig verbraucht.

Da half nur noch eins: Die Zehnwortpille! Letzte Rettung, wo bist du?

Ich kramte nervös in meinen Taschen und förderte schließlich das gute Stück zu Tage, nahm es gleich ein, und spülte mit Sekt nach. Ich hatte sie übrigens von meinem philosophischen Freund als „Abschiedsgeschenk" erhalten, die Pille ... Sie war ursprünglich als Zügler des ungehemmten Sprachdrangs gedacht, sie hatte aber auch einige Nebenwirkungen.

Ihr Genuss erzeugt über einige Stunden eine stimulierende Wirkung zu erhöhter Zehnwortfreudigkeit. Angeblich gibt man dann reihenweise gescheite Bröckchen von allerlei Zehnwortweisheiten von sich. Die gelegentliche Erhöhung des Blutdrucks und der Herzschlagfrequenz können aber bei einigen Personen Schwindelanfälle und Atemnot auslösen. Längerer Konsum kann eine irreversible Degeneration der natürlichen Wortsprechfolge nach sich ziehen: So hat man schon Fälle beobachtet, wonach es bei einigen Zehnwortsatzianern zu ununterbrochenen Rezitationen von Namen aus dem Telefonbuch kam; und das über drei Tage hinweg.

Andere sangen tagelang immer wieder das gleiche Zehnwortlied. Noch bedauernswertere Opfer hielten sich gar für den großen M. selber, und verlangten, in „ihren" Palast zurückgefahren zu werden.

Dann gab es noch solche, denen die Pille überhaupt kein Wörtchen entlockte, die dafür aber drei Tage lang lachten. Die Harmlosesten waren noch diejenigen, die lediglich das Privileg für sich in Anspruch nahmen, drei Tage im Park zu schlafen. Doch auch diese waren ein Ärgernis für die öffentliche Moral: Ein perfektes Sinnbild für die totale Indifferenz des modernen Zehnwortmenschen. Vor allem, wenn Kindergruppen vorbeizuckelten, und artig ihre Zehnwortlieder absangen, waren diese Parkschläfer ein besonders peinliches Ereignis für die Psyche der Kleinen.

Daher erhielt ich ja auch von meinem Philosophen den Rat, die Pille nur im Notfall einzunehmen. So wie jetzt bei totaler Erschöpfung, und daher akuter Zehnwort-Ratlosigkeit. Denn nun musste ich ja wohl eine bedeutende, vielleicht alles entscheidende Rede vor dem erlauchten Publikum halten.
Die wirren Nebenwirkungen der Zehnwortpille können durch Einnahme anderer Pillen aufgehoben oder gemildert werden, doch können diese neue Nebenwirkungen bewirken: Apathische Sprachlosigkeit oder das Hervorbringen von Schluckaufsätzen. Diese wiederum haben neue Nebenwirkungen, aber nicht beim Patienten, sondern bei den Mitmenschen: Man bezeichnet es als Gelächter oder Spott. Lachen aber ist offiziell verboten, weil man noch nicht die ideale Lachformel für den Zehnwort-Lach-Rhythmus gefunden hat.
Vielleicht könnte ich später auf diesem Gebiet noch Aufbauarbeit leisten.
Allerdings lachen eigentlich auch Historiker nur ungern; Hysteriker schon eher – doch wer will schon „Hysteriker" als seinen Beruf angeben?

Schrecklich, dachte ich leise für mich: Was ich mir da wieder für einen Haufen von Problemen aufgehalst habe!

Warum nur musste ich mir immer alles so kompliziert machen? Ja, warum eigentlich?

Kann mir das mal einer sagen?

Der große Vorteil der Zehnwortpille war, dass man beim Reden geistig abschalten konnte, den Sinngehalt der Worte besorgte die Zaubersubstanz der Pille. Man konnte also sozusagen geistig fast ein kleines Nickerchen machen, während man aber nicht richtig schlief. Man konnte seine negativen Gedanken wegpacken wie eine schlechte Krawatte, sich eine Auszeit aus dem aktiven Leben genehmigen, ohne befürchten zu müssen, etwas Schlimmes zu sagen. Solches hatte mir der Philosoph jedenfalls versichert. Durch den Nebel der sich einstellenden Indifferenz nahm ich nur noch ganz vage Lachen und Beifallklatschen der Zuhörer wahr, und das auch nur in lichten Intervallen des bewussten Wahrnehmens. Offenbar war man zufrieden mit dem, was ich von mir gab. Das war im Augenblick alles, was zählte.

Sogar das Ende des Bücherabends schaffte ich noch, aus dem Halbschlaf meines Unterbewusstseins vergegenwärtigend hervorzuziehen, als ich undeutlich zu erkennen glaubte, dass plötzlich alle Lichter gelöscht worden wären: Die Menschengruppen formierten sich wie von Geisterhand berührt wieder zu starren Zehnerformationen, die keiner menschlichen Regung mehr zugänglich waren, nur mechanisch ihres Weges schritten, als ein betäubender Gongsound zum allgemeinen Aufbruch mahnte.

Ja, vor dem großen M. sind alle Menschen gleich, sooft und solange er es für richtig hält, alle Menschen sind so gleich, dass sie gleichgültig darüber hinwegsehen und immer gleicher und gleichgültiger werden ...

Das wurde mir einmal mehr als sichtbare Tatsache vor Augen geführt: Kellner, Lektoren, auch die Vertreter der Lingufaschistischen Fakultät zollten ihren Zehnertribut – keiner wäre mehr irgendwie ansprechbar gewesen, dem großen M. war es gelungen, geschickt so eine Art zweiten Turmbau von Babel zu inszenieren; er zerstreute die Menschenmengen in alle denkbaren Richtungen, auf dass keiner mehr die Sprache des anderen verstehe.

Alle Menschen stehen still, wenn Ms. starker Arm es will!

So hätte ein weiterer seiner Wahlsprüche lauten können, wäre er Kommunist oder Arbeiterführer gewesen, doch war er ja in gewisser Hinsicht sowieso alles: Das Für und das Wider, das Entweder Oder, das Orakel von Delphi, das Ying und das Yang, Moses mit den Zehn Geboten, Herrscher über die zehn Herrlichkeiten, die oberste Zehn, meine Zehn und Ihre Zehn...

Ach, zum Teufel mit Ihrer Zehnlöcherigkeit, aus der der Kalk der Monotonie rieselt!

Bei Risiken und Nebenwirkungen lassen Sie sich von dem Zehnerpack aus der Beilage vorlesen, bis Ihnen die zehn Wörter aus den Ohren herausträufeln und Ihnen Ohrenschmalz verursachen; und, ach...!

Zum Kuckuck mit allen Zehnwortverheißungen, es ist an der Zeit, sie mittels der zehnschwänzigen Katze aus dem vergewaltigten Bewusstsein der missbrauchten Seelen zu peitschen, dass es nur so knallt im Zehnwortwald!!! Ja!!!
Und außerdem bin ich jetzt so todeswolfshundsmüde, dass ich nur noch pennen will, mit der ganzen Zehnwortrattenschwanzparade ad infinitum nicht mehr das Geringste zu schaffen haben will, nur noch schlafen, schlafen, schlafen ... Weit weg aus Ms. Gesichtskreis, der mir wieder mal so herrlich elastisch meine Grenzen aufgezeigt hat.
Nur noch schlafen den Schlaf des Gerechten, und man finde mir zehn Gerechte, die meinen Schlaf überwachen, dass ich nicht aufwachen möge vor Anbruch des Jüngsten Tages, der da kommen möge, wann er will, nicht, wenn M. es will!
Schlafen, schlafen. Ich stelle es mir bildlich vor, wie ich herrlich einschlummere, wie mein Kopf beginnt, langsam auf die Brust zu sinken, die Halsmuskeln in ein leichtes Zucken verfallen und die Augenlider herunterklappen – wie herrlich das sein muss, auch wenn ich mir nur einen harten Schlummer auf einer dieser Couchen gönnen kann, weil ich ja noch kein Zuhause, geschweige denn ein Bett habe.

Ich glaube, mir diesen zehnwortlosen Schlummer verdient zu haben nach des Tages Mühsal, auch wenn ich weiß, dass mir das Herz beim Erwachen wie verrückt entgegenhämmern wird und es in meiner Brust wummert wie in einem Maschinenwerk.

Oh, Fremder, mögest du überall erwachen – nur nicht im Park von Zehnwortsatzingen, vor dem Hintergrund vorbeimarschierender, Zehnwortlieder absingender Kinder in Begleitung einer verkniffenen, die zehnschwänzige Katze schwingenden Tamara Hope ...

Denn das wäre ein echter Albtraum auf dreidimensionaler Ebene.

9. KAPITEL: LUFTVERÄNDERUNG

Ich muss offensichtlich lange geschlafen haben. Geschlafen jedenfalls hatte ich, das stand zweifelsfrei fest, denn das merkte ich daran, dass ich erwachte. Aber wo, zum Kuckuck noch einmal?

Zumindest war es in einem Bett, einem gemütlichen Bett sogar, wie ich feststellte. Und nun, während ich mich vom Allgemeinen zum Besonderen tastete, muss ich noch erwähnen: Das Bett stand überraschenderweise in einem kleinen, schmucken Häuschen. Das dämmrige Morgenlicht fiel fahl durch die Ritzen der Jalousien. Ich blinzelte schlaftrunken, toll, dass ich das immerhin noch konnte, doch ich wollte einfach nicht meinen Augen trauen.

Und das Häuschen?

Wo mochte das wohl stehen, überlegte ich, und wie war ich hier überhaupt hineingelangt?

Etwa durch Hausfriedensbruch?

Ich räkelte mich und gähnte. Also, das wäre mir äußerst unangenehm gewesen, muss ich gestehen.

Was für ein Spiel waren die Mächtigen von Zehnwortsatzingen gerade wieder dabei, mit mir zu treiben?

Ich erhob mich, stellte fest, dass ich sogar im Schlafanzug war – den konnte ich mir auf keinen Fall selber übergestreift haben, soviel ist sicher; nicht nach meinem weggetretenen Zustand von gestern Abend bei den Pressefritzen!

Hier waren zweifellos fremde Mächte am Werk gewesen, die mir mit einem Nachtquartier ausgeholfen haben! Vermutlich hatte sich einer der Lektoren oder einer von den anderen Büchermenschen meiner erbarmt, kalkulierte ich im Schnelldurchlauf meiner Denkmaschine, und hat mich nach dem Ende des Bücherspektakels aus Nächstenliebe in seiner schmucken Behausung untergebracht. Wie rührend!

Ich erhob mich schwerfällig wie ein tapsiger Bär und schlurfte mechanisch wie von selbst zu einem Spiegel. Was ich da drin sah, gefiel mir allerdings gar nicht: Wie eine weich geprügelte Ente sah ich aus, genauso zerrauft und abgerissen. Und da wir schon einmal bei den Tiervergleichen sind, wollen wir ruhig gleich den ganzen Zoo durchmachen: Als Beweis meines desolaten Zustandes hatte ich mir die dunklen Augenränder eines Pandabären zugelegt; beim tapsigen Bären waren wir schon, genauso träge schlurfte ich jetzt nämlich zurück: Richtung Bett. Ich hatte Glück, dass mir das gerade noch ohne Kompass gelang.
Voran kam ich aber langsamer als ein Zehn-Zehen-Faultier – dieses hätte nur einige Tage gebraucht, um auf seinen Stamm hinaufzuklettern.
Später fand ich sogar eine Waschgelegenheit, mit richtigen Wasserhähnen war das Waschbecken versehen, an denen ich herumdrehte. Wie im Mittelalter, murmelte ich mir selber einen Gruß zu, aber alles funktionierte.
Danach, als ich mich schon angezogen hatte, fand ich zu meiner großen Freude ein vollständig zubereitetes Frühstück vor; auf einem glanzlosen, alten Tablett auf einem schmuck zubereiteten Ziertischchen im hintersten Winkel des Zimmers stand es.
Ich langte nach Herzenslust zu. An alles hatte mein unbekannter Gastgeber gedacht, den ich vermeinte, im

Nebenzimmer leicht schnarchen zu hören. Wer aber hatte dann das Frühstück zubereitet? Na ja, nachdem er es getan hatte, hat er sich vermutlich wieder aufs Ohr gelegt, der Gute, sinnierte ich, vergnügt darüber, dass ich offenbar auf alle Fragen schon eine passende Antwort wusste.

Lassen wir ihn schlafen, den guten Wohltäter, überlegte ich mir, vielleicht hat er es sogar noch nötiger als ich. Ich ließ es mir wohl ergehen, machte sogar den Abwasch, obwohl ein Mensch meiner Zeitrechnung gar nicht mehr recht wusste, wie das ging – ohne Haushaltsroboter ... Ich tat halt mein Bestes.
Vielleicht sollte ich mal beim großen M. hereinschauen, wie er sich sein Mahl kredenzen ließ ... Vermutlich aß auch er gerade, irgendwo versteckt in seinem Palast über den Berghängen, in aller Herrschergemütsruhe seine Zehnbuchstabensuppe mit Einlage, summte dazu die Melodie des Zehntaktwalzers, natürlich ganz leise und diskret, damit sein klappriger Haushaltsroboter, Modell ungefähr 2000 v. Chr. nicht durch plötzlichen Sensorenausfall aus dem Takt geriet.
Und vielleicht steckte meine gute, häusliche Tamara verschwörerisch mit ihm zusammen, und gemeinsam berieten sie gerade über die weiteren, taktischen Lenkungsmanöver, die sie einzuleiten gedachten, um aus meinen Erdenkenntnissen Profit zu ziehen. Sicherlich ließen sie mir nun die Zügel so frei schießen, um besser die irdischen Verhaltensweisen studieren zu können. Denn ich war dabei wohl ein sehr geeignetes Menschenexemplar, das beliebig

formbar und dehnbar für ihre experimentellen Zwecke war.

Ich blickte mich wieder ausgiebig um im Raum. Vielleicht war das sogar schon der große M., der nebenan schlief? Lächelnd verwarf ich diesen Gedanken sofort wieder – dazu war das Haus zu klein, zu bieder; es hatte überhaupt nichts Schloßähnliches an sich.
Davon konnte ich mich auch augenblicklich visuell überzeugen, als ich nun auf die Veranda hinaustrat, wo mir das Sonnenlicht entgegenblinzelte: Das Haus schien zu einigen verstreut umherliegenden Außenposten der Stadt zu gehören; die anderen talwärts gelegenen Behausungen standen in größeren Abständen voneinander.

„Unser" Haus stand auch am Rande der Stadt: Auf einem leicht anschwellenden Hügel erhob sich dieses mittelgroße, weißgetünchte Bürgerhaus, mit großen, klappernden Fensterläden, und mit vielen spitzen Giebeln, hervorspringenden Erkern, was ich alles entdeckte bei meiner Frontansichtbegutachtung. Es hatte nur zwei Stockwerke, sah von jeder Seite gemütlich und einladend aus, anheimelnd antik. Ein Baustil also, wie man ihn sich auf der Erde nur noch leisten konnte, im Museum zu bewundern.

Vor dem Haus ein musterhaft angelegter Garten mit wohlbestandenen, grünen Beeten, und einer Rebenlaube, von der die Trauben herabbaumelten wie bunte Girlanden. Drei Birken vor dem Haus schirmten mit ihrem buschigen Laubwerk leicht die Sonne ab.

Endlich mal nicht zehn Birken!, dachte ich jauchzend.
Die Manie mit der Zehn hatte man uns hier erspart.
Das Anwesen machte den Eindruck von Lieblichkeit
und bescheidenem Behagen.
Mitsamt seiner mir unbekannten Bewohner wurde es
für mich zu einem Wahrbild, das allen Wandel und
Verfall überlegen überdauern würde. Daher setzte ich
eine wehmütige Miene auf. Wie schön, dass mir das
noch gelang. Von dem Hügel herab hatte ich einen
guten Ausblick auf die in Zehnerkolonnen thronenden
Häuserviertel von Zehnwortsatzingen.
Fast alle Häuser waren weiß. Alles war wieder einmal
so schrecklich geordnet, genormt, wovon nur die
Behausungen in der höher gelegenen Hügelregion,
also hier oben, die Ausnahme machten, was mir
natürlich sehr positiv auffiel.

Leicht kribbelte jetzt die Versuchung in mir, den
Hausherren zu wecken, um ihm für seine
Gastfreundschaft zu danken, und dafür, dass er mir ein
Heim gegeben hatte, wenn vermutlich auch nur ein
vorübergehendes. Sollte ich oder sollte ich nicht? Ich
sollte wohl, wollte es auch, denn schwitzend trat ich
zurück auf die knarzende Veranda und spähte durchs
Fenster des von mir vermuteten Zimmers, darin sich
mein Wohltäter aufhalten musste ... Oder meine
Wohltäter. Leider waren die Scheiben derart
altersblind, dass ich nichts erkennen konnte, auch
nicht bei angestrengtestem Spähen.
Kurz entschlossen machte ich klopfenden Herzens
wieder kehrt und trat diesmal bis auf die kleine,
schmale Straße hinaus, weil ich das Schicksal nicht
weiter herausfordern wollte.

Vielleicht wäre es auch wirklich besser, wenn ich den Besitzer dieses stolzen, schloßähnlichen Häuschens nicht aufweckte, dachte ich mir, denn dann müsste ich womöglich noch beim Staubsaugen helfen oder beim Einmachen, wenn ich mir all die leckeren Früchte vor dem Haus anschaute, die von grotesken Bäumen herabhingen.

Auf der Straße fand ich eine zusammengerollte Zeitung, die offensichtlich der Wind vom Zeitungskasten des Hauses bis hierher getragen hatte. Es war der *„Zehnwortianische Bürger-Beobachter“*, wie mir ein Blick darauf verriet. Ich erschauderte. Dieses Mal muss er die gute Tamara Hope besonders scharf beobachtet haben, denn ihr Konterfei prangte inmitten überschwänglicher Lobeshymnen auf der Titelseite: Dasselbe Bild, das ich schon gestern am Subskriptionsabend auf einem ihrer Büchercover vorgefunden hatte; volllippig, dichtes brünettes Haar, braune, schmachtende Augen, geheimnisvolle Aura, Unergründlichkeit ...

Na, wenn das keine Überraschung war ...

Jetzt müsste ich nur noch herausbekommen, wo die schöne Verführerin der Sinne wohnt, legte ich mir meinen nächsten, sehnsuchtsvollen Plan zurecht. Daher hielt ich mich auch nicht weiter mit Lesen auf, sondern spazierte die Straße entlang.

Am Straßenrand hörte ich dem Wind zu, wie er von irgendwoher Zehnwortgesang über die Berge trug. Es handelte sich um das Echo der militanten, lingufaschistischen Zehn-Wort-Spielmannszüge, das manchmal aus dem Kokon der Vergessenheit bis hierher heraus dringt, bis zu den entlegensten Flecken von Zehnwortsatzingen, dem Land an der Peripherie der Peripherie. Diese Informationen bekam ich von einem vorbeikommenden Passanten, den ich nach der Herkunft der Musik fragte.

Wenigstens wandelte ich jetzt nicht mehr wie ein Schatten unter lauter Verzehnworteten, so machte ich mir Mut. Ich konnte jetzt im Zehnwort-Mahlstrom mitschwimmen, ohne weiter aufzufallen, dachte ich mir. Aber würde mir meine Berühmtheit auf die Dauer auch gut tun ?

So lief ich wohl viele Stunden lang herum, alle gesellschaftlichen Erscheinungen waren mir jetzt hinreichend vertraut, dass ich mich fast schon wie zu Hause auf der Erde fühlte. Ja, die Zeit bei den Zehnwortianern beginnt langsam auf mich abzufärben, bis in das Innenfutter meiner Seele. Ich ging weiter.

Ich sah Ehrfurcht einflößende, alte Bürgerhäuser und kurz darauf wieder gemütlich angelegte Wohnsiedlungen. Alles Eindrücke, die man heute auf der guten alten Erde vermissen muss. Allerdings herrscht bei uns Frieden und kein Wortakrobat schreibt uns eine bestimmte Redeweise vor, noch greift man mit drastischen Mitteln in die Bevölkerungsexplosion ein. Alles geht seinen friedlichen Gang, so drückend die Probleme auch sein mögen.

Natürlich erschien mir auch hier alles auf den ersten Blick wieder friedlich: Ich sah Kinder, die lachend auf grünen Wiesen spielten und sich voller Freude mit

Rasenstücken und Blumen bewarfen, wobei sie unverbildet in ihrem eigenen Jargon sprachen, ohne sich um die Anzahl der Worte in ihren Sätzen zu kümmern.

Glückliche Kinder, beneidete ich sie in stiller Freude, wobei ich der kleinen Schar, die sich genüsslich austobte, zulächelte. Ihren Geist hatte man noch nicht genormt, sie durften noch ohne Zwang sprechen. Von meiner Person schienen sie keine große Notiz zu nehmen, dazu waren sie zu sehr in ihr Spiel vertieft – eine verständliche Reaktion.

Doch ich sollte mich wieder täuschen: Ein Mädchen löste sich kurz von der Gruppe und erwiderte mein Lächeln, ein anderer kleiner Revoluzzer trampelte auf einem Zehnwort-Lehrbuch herum, wie ich beim Näherkommen feststellte. Er lud mich zu seinem zerstörerischen Akt ein, um daran teilzuhaben, doch ich wies ihn ab: Das ging mir dann doch zu weit. Ich musste mich ja benehmen, den artigen Mitläufer spielen, da ich mich ja im Licht der Öffentlichkeit befand.

Ich ging weiter und traf auf mehrere, kleinere Personengruppen, die sich auf Holzbänken vor ihren Häusern zu einem Schwätzchen niedergelassen hatten. Ein altes Idyll von Heim und Hof, wie man es bei uns von uralten Postkarten her kennt, die heute auf der Erde ein Vermögen wert sind. Neugierig trachtete ich danach, den fröhlichen Feierabendzechern unauffällig näherzukommen, um ihre Gespräche zu belauschen. So sehr überschätzte ich bereits meine Bedeutung, dass ich erwartete, sie würden über mich reden.

Aber nein, nur der übliche Feierabendtratsch, der nicht viel Erbauliches für die Forschung hergab.

Also marschierte ich weiter durch endlose Reihen ansehnlicher Fachwerkhäuschen, die in schöner Regelmäßigkeit mit grünen Parkanlagen abwechselten. Herrlich alte Straßenlaternen und Peitschenleuchten säumten die Bordsteige, bei uns längst ersetzt durch rollende, vollelektronische Bürgersteige.
Und nirgends eine Spur von ultramoderner Hightechkultur!
Von Zeit zu Zeit duckte ich mich unwillkürlich, weil ich immer wieder diese verrückte Gedankenassoziation hatte, eine Peitschenleuchte würde jeden Augenblick mit ihrem Fangarm nach mir ausholen und sich wie eine Tentakel um mich schlingen, bis sie mich im Würgegriff hätte ... Einfach lächerlich, diese abgeschmackte Szene aus einem Horrorfilm.
Und doch gab es solche klischeehaften Angstneurosen. Ich blickte nach oben – unheimlich sahen diese Dinger in der einbrechenden Dunkelheit aber doch schon aus. Wie eine endlose Reihe von blitzenden Kobras glotzten diese Dinger auf mich herab; die blitzenden Lämpchen in der Stirn waren wie tausend beobachtende Augen!
Horror pur gab es also auch hier in dieser Vision von der schönen neuen Welt, auch ohne Zehnwortsätze.
Natürlich, so ein Ding über mir musste ja solche Assoziationen erwecken, noch dazu bei der jetzt ganz allmählich vollständig hereinbrechenden Dunkelheit,

die die Häuser ins Zwielicht tauchte, während die Laternen angingen.

Ob es nicht besser wäre, mich wieder zurück ins Haus meines unbekannten Herbergsvaters aufzumachen, da wäre ich in Sicherheit, hätte eine Bleibe, überlegte ich. Doch eine unbekannte Kraft in mir trieb mich wie gegen meinen Willen weiter vorwärts ins Unbekannte. Jetzt materialisierten sich die Peitschenleuchten über mir zu Schlangen, die mich in Versuchung gebracht hatten; in Versuchung, mich mit den unheimlichen Herrschern hier oben oder hier unten, ganz wie man´s nimmt, gemein zu machen, ihr schmutziges Zehnwortspiel mitzumachen, es bis zum Exzess zu strapazieren, das Zehnwortkalkül bis zum Ende auszureizen.
Ich war versucht worden, heimgesucht worden wie Jesus Christus vom Satan in der Wüste, aber im Gegensatz zu meinem ehrenwerten Vorbild habe ich mich nicht bewährt; ich habe der Versuchung nachgegeben, das Böse nicht abgeschüttelt, wie ich hätte sollen ... Mir grauste vor mir selber.
Und die Schlangen über mir, die ihre langen Hälse zu einem einzigen, grässlichen Haupt zusammengeschlungen zu haben schienen, waren das hohnlächelnde Sinnbild meines Verrats...

Kurz entschlossen bog ich in eine andere Seitenstraße ein, um von diesen unheimlichen Laternensymbolen meiner moralischen Niederlage wegzukommen, die mir Schuldgefühle ins Unterbewusstsein gegraben haben, die mich zwangen, auf ganz sinistre Weise, unerforschte, unausgegorene Zustände meines neurotischen Bewusstseins auszuforschen und auszuarbeiten.

Doch das wäre eine Aufgabe für meinen verschwundenen Kollegen, der Psychiater ist; ich hingegen bin nur Historiker, und ich hoffe, noch für längere Zeit. Im Abendsonnenschein machte ich Halt vor einem netten Häuschen mit Garten und lauschte der sanft einschläfernden Stimme einer Mutter, die mit ihrer kleinen, rotbezopften Tochter auf der Veranda saß und versuchte, diese mit dem Märchen „Schneewittchen und die zehn Zwerge kämpfen gegen die böse Stiefmutter" in den Schlaf zu wiegen.

Ich lauschte bis zu der Stelle, wo die Zwerge gerade aus ihrem Diamantenbergwerk nach Hause zurückgekehrt waren, und das arme Schneewittchen leblos auf dem Stubenboden vorfanden, und darüber in Streit gerieten, was die Ursache dafür wäre. Ich konnte sie mir denken: Wahrscheinlich hatte die Ahnungslose unbesonnen einem verkleideten Sprachwächter von M. die Tür aufgemacht, und war an einem Zehnwortbrocken erstickt, den er ihr als Probe für einen Zehnwort-Sprachkurs geschenkt hatte. Oder aber: Ms. böse Schwiegermutter persönlich hatte ihre Hand im Spiel, als sie bei Schneewittchen vorstellig wurde, und die beiden Frauen in Streit darüber gerieten, wer von ihnen beiden die schönste Zehnwortaussprache hatte. Und der Streit war dann für eine der beiden Frauen tödlich ausgegangen, wobei Schneewittchen wohl die besseren, linguistischen Argumente, aber nicht die dämonischen Kräfte ihrer Konkurrentin besaß.

Ob es so gewesen ist oder anders, konnte ich nicht mehr feststellen, denn ich wollte die liebliche Szene nicht länger durch meine Anwesenheit stören, so sagte ich nur ein kurzes „Guten Abend", dann ging ich diskret weiter meines Weges.

Immer rascher nahm die Dunkelheit nun zu; ein Schild, dessen Aufschrift ich noch gerade mit bloßem Auge in der Ferne ausmachen konnte, nahm jetzt meine Aufmerksamkeit gefangen.

Es war eins von den Ortseingangssschildern von Zehnwortsatzingen, ab hier begann also erst die eigentliche Hauptstadt. Darunter las ich:

HAUPTSTADT DER FRIEDFERTIGEN VEREINIGUNG ALLER AUSWANDERERVÖLKER VON DEM PLANETEN ERDE

Schon wieder solch ein blödsinniger, schwülstiger Bombast, der mir den lauen Sommerabend verdarb!
Selbst hier auf diesem simplen Straßenschild durfte er nicht fehlen!
Ein aufgeklebtes Propaganda-Etikett, das den realen Lebensverhältnissen doch ziemlich Hohn sprach!

Die Unterschrift sollte wohl an die patriotischen Gefühle der Einwohner appellieren – auch das ist ein beliebter Kunstgriff, den Diktatoren anwenden, um beim Volk ideologische Instinkte zu wecken.
Mittlerweile war es noch ein gutes Stück finsterer geworden, die Umrisse der mich umgebenden Häuserfassaden verschwammen vor meinen Augen. Jetzt gab es nicht einmal mehr ein erleuchtetes

Fenster, auch die Straßenlaternen waren unerklärlicherweise wieder ausgegangen!

Wie konnte das nur geschehen?

Ach ja, ich erinnerte mich nun, es war ja lange nach zehn Uhr, und da hatte alles zappenduster zu sein nach Ms. Zehnjahresplan, weil nach der Zehn die Zeit aufhörte zu existieren.

Aber wenigstens konnte er den Mond nicht am Scheinen hindern, dachte ich frohlockend, nur leider war keiner da – nicht mal die schmalste Sichel. Nicht mal der Mond schien über Zehnwortsatzingen.

Die Zehnwortianer behaupteten zwar, es gäbe zehn Monde, die sich um den Planeten drehten; klar, würde ich ihnen dann antworten: Wenn Sie die des Saturns noch dazu rechnen ...

Nichts mehr konnte ich erkennen in der Finsternis, während ich mich unermüdlich im Dunklen vorwärts tastete. Als Ausweg blieb mir noch, mich mit den Händen an den Häuserfassaden entlang zu tasten.

Jetzt plötzlich vermeinte ich, das Geräusch tappender Schritte hinter meinem Rücken zu vernehmen.

Ein jäh hochfahrendes Gefühl der Furcht in meinem Inneren veranlasste mich, in absolut bewegungsloser Pose zu verharren, in der Hoffnung, mein unsichtbarer Verfolger würde sich durch Geräusche verraten, durch die ich seinen ungefähren Standort würde ausmachen können.

Doch vergebens, plötzlich blieb alles wieder so still wie auf einem Friedhof, der so alt und verlassen war, dass sogar schon die Besucher längst verstorben waren.

Angekrallt an ein dunkles, schwarzes Gebäude, verharrte ich weiterhin in bewegungsloser Furcht mit angehaltenem Atem, denn jetzt drohte mir große Gefahr. Jetzt müsste doch bald was zu hören sein, meinte ich hoffnungsvoll, doch alles blieb absolut still. Da war nur eine Erklärung möglich: Mein unsichtbarer Verfolger nahm immer gleichzeitig zusammen mit mir eine Pose der absoluten Bewegungslosigkeit ein, um keine Geräusche zu verursachen. Wenn ich dann weitermarschierte, würde auch er sich wieder in Bewegung setzen.

Oder hatte ich mir das alles nur eingebildet?

Und endlich tastete ich mich abermals ein Stückchen vorwärts, da sah ich kurz einen grellen Lichtstrahl hinter mir aufblitzen, vielleicht von einer Taschenlampe. Ich versuchte, mein Gesicht in die Richtung zu wenden, aus der die Lichtquelle kam, doch das war im Augenblick schwierig, weil ich mich wieder an einem Mauervorsprung angekrallt hatte.

Außerdem war von der Gestalt nichts zu sehen, oder zu hören; das musste natürlich nicht heißen, dass sie nicht mehr da wäre. Wahrscheinlich war das wieder so ein Schnüffler, oder eine Sprachwächter, den man hinter mir hergeschickt hatte. Im Augenblick kauerte er wahrscheinlich genau wie ich irgendwo, in einem sicheren Hauseingang versteckt, und wartete darauf, dass ich wieder die erste Bewegung machte.

Ich ermahnte mich spontan, ich müsste weiter, einfach nur vorwärts.

Allein schon deshalb, um dem Unbekannten keine Gelegenheit zu verschaffen, in seinem sicheren

Versteck irgendwelche finsteren Pläne gegen mich zu schmieden.

War ich jetzt mittendrin in einem uralten Verfolgungskrimi aus dem 20. Jahrhundert? Bald würde ich es wissen, oder auch nicht, je nachdem, was eintrat, oder was auch nicht eintreten würde ... Es lag ja ganz allein an mir, an meiner Initiative, das Geschehen zu bestimmen, oder zumindest mitzubestimmen, dachte ich zitternd, denn ich war ja mein eigener Hauptdarsteller.

Die endlose Straße, die ich immer weiter entlang rannte, schien nirgendwo mehr hinzuführen.

Da erblickte ich schnaufend eine alte Kathedrale vor mir, deren dunkle Schattenrisse sich gespenstisch am Ende der Straße abzeichneten. Zurück zu meinem Wohltäter würde ich eh nicht mehr finden, was lag also näher, als zu versuchen, den Rest der unruhigen Nacht in dem Gemäuer zu verbringen?

Obwohl mir überhaupt nicht wohl bei dem Gedanken war. Aber bei welchem Gedanken würde mir überhaupt noch wohl sein in meiner verfahrenen Lage?

Ich rannte bis zum Ende der Straße, ohne mich nach meinem Verfolger umzusehen, den ich hinter mir mächtig keuchen hörte, dann rüttelte ich an der mächtigen Pforte der Kathedrale.

Überraschenderweise ließ sie sich ganz leicht öffnen. Aber das Innere des Gebäudes machte auf mich eher den Eindruck eines Mausoleums, so tot und verlassen wirkte es auf mich.

Ein steil durch ein Kirchenfenster einfallendes Sonnenlicht weckte mich am nächsten Morgen auf.

Ich hatte mich wahrscheinlich auf der zuvorderst beim Altar stehenden Holzbank über Nacht niedergelassen, ohne mich allerdings daran zu erinnern, Solches getan zu haben, und war jetzt ganz steif und schiefgelegen. Aber ich tröstete mich damit, dass ich die Kirche unverschlossen vorgefunden hatte und dass die schreckliche Nacht vorbei war.
Auf einmal sprang ich wie wild auf und blickte mich hastig nach allen Seiten um.
Wo war mein Verfolger vom gestrigen Abend?
Warum hatte er mich nicht bis in die Kirche verfolgt?
Vielleicht, weil mein Verfolger der Pfarrer dieser Kirche war? Und jetzt war er natürlich in diesem Falle wieder ganz unverdächtig in ihrem Schoße verborgen und mimte unbedarft den frommen Geistlichen?, dachte ich schaudernd.

Aber wenn es nicht so wäre, und mein Verdacht sich als falsch erweisen sollte: Würde mein echter Verfolger dann draußen vor der Tür auf mich lauern? Oder mehrere Verfolger? Was hatten sie nur vor?
Schlagartig war ich wieder sehr aufgekratzt und mir war unbehaglich zumute. Außerdem trieb mich ein heftiges Hungergefühl dazu, mich wieder auf die Wanderschaft zu machen.
Doch dazu müsste ich die Kirche verlassen.
Und selbst, wenn draußen kein Verfolger auf mich lauerte: Wo sollte ich zu dieser frühen Morgenstunde etwas zu Essen herbekommen? Was für Geld brauchte man dazu in Zehnwortsatzingen?
Zehnpfennigmünzen?

Voller Besorgnis konnte ich mich nicht dazu entschließen, aus der Kirche fortzukommen, denn ich glaubte momentan, dass ich hier drinnen sicherer war.

Da hörte ich ein knirschendes Geräusch, das irgendwo aus dem Hintergrund kam!

Jetzt wagten sie es also doch, die Schergen von Meereszorn – sie drangen in die Kirche ein, um mich zu verhaften, oder noch Schlimmeres!, dachte ich wie bedeppert und machte einen raschen Satz hinter eine der Kirchenbänke, um mich in Sicherheit zu bringen.

Zu spät!

Doch ich erkannte plötzlich, dass es nur ein Geistlicher war, der seine Kirche betreten hatte.
Und wenn die Schergen trotzdem draußen lauerten?
Vielleicht gar mit seinem Einverständnis?
Ich zitterte wieder vor Furcht.

Der Geistliche bemerkte mich sofort, machte gleich ein freundliches Gesicht, und schlug keinen Alarm.
Ich kam hervor und entschuldigte mich für mein schäbiges Aussehen. Er lächelte und versicherte mir glaubwürdig auf meine besorgte Anfrage, dass draußen niemand auf der Lauer läge. Da wollte ich mich sofort nach draußen davonmachen, denn es half ja nichts: Irgendwann musste ich ja sowieso die Kirche verlassen. Der Geistliche bemerkte meinen geschwächten Zustand und hielt mich zurück.
„Nein, in solch desolatem Zustande können Sie diesen heiligen Ort unmöglich verlassen", beharrte er, und

brachte mir etwas Brot und Wein zum Frühstück, das ich dankend entgegennahm.

Ob ich noch nicht auf den Gedanken gekommen wäre, dass mein Verfolger von gestern auch einfach nur ein Fan gewesen sein könnte, der lediglich ein Autogramm von mir wollte, fragte mich die ehrwürdige Person. Ich verneinte. Dazu hätte er sich zu ausgiebig und geheimnisvoll versteckt.
„Das hat nichts zu bedeuten", sagte der Geistliche lächelnd.
„Was glauben Sie, was die Menschen hier auf dieser Außenseiterkolonie schüchtern sind, die haben noch gar keine Erfahrung mit den Ritualen des Fanwesens, das man nur ganz vage von Ihrer Erde kennt, die müssen erst lernen, aus sich herauszugehen", erklärte mir der Geistliche und ich lachte zum ersten Mal wieder seit langer Zeit.
„Da mögen Sie Recht haben, Herr Pfarrer", meinte ich wieder etwas zuversichtlicher, „daran habe ich noch gar nicht gedacht..."
Der Geistliche unterhielt sich noch für einige Zeit mit mir, gab mir einige gute Ratschläge für den Umgang mit den Behörden und eventuellen Spionen, für die ich ihm sehr dankbar war.
Ich erzählte ihm auch von meinem unbezähmbaren Drang, endlich Tamara Hope kennenzulernen. Jetzt, da ich ja das Papier unterschrieben habe, ich würde der Gesellschaft keine Schwierigkeiten mehr machen, da waren meine Aussichten für ein Treffen mit meiner fernen Geliebten so enorm gewachsen, dass ich voller Freude nur noch an Tamara denken konnte.

Der geistliche Herr war voller Verständnis für meine Vernarrtheit in die Zehnwortelfe, die unvergleichliche Sängerin, doch konnte er mir wenig Rat im Umgang mit ihr erteilen, weil er sie persönlich selber nie gesehen habe, sie so gut wie gar nicht kannte, wie er mir anvertraute. Er kannte sie auch nur aus dem Fernsehen und hörte ab und zu Aufnahmen von ihren Liedern – das war auch schon alles. Und er versäumte es auch nicht, mir einzuschärfen, ich solle mir nicht zu viel Hoffnung auf eine Beziehung mit Tamara Hope machen, denn diese Frau wäre ein Tabu für mich. Die Mächtigen würden es wahrscheinlich nicht zulassen, dass ihre einzigartige Propagandasängerin, der Star von Zehnwortsatzingen, von seinem regierungsfreundlichen Wirken abgelenkt wird ... Durch eine Liebesbeziehung zu einem Fremden von der Erde!

Das war mir alles nur zu klar.
Noch einmal dankte ich dem Geistlichen für seine humane Hilfe und machte mich mit größerer Zuversicht als zuvor auf zu neuen Abenteuern, auf der Suche nach Tamara Hope.

X. KAPITEL: DER FREMDE VON DER ERDE ALS SCHRIFTSTELLER

Wo würde ich Tamara treffen?
Wie würde ich Tamara treffen?

Diese Frage war für mich längst zu einer existentiellen Notwendigkeit geworden. Und ich glaube, das wussten auch die Mächtigen von dieser merkwürdigen Kunststadt Zehnwortsatzingen. Sollte ihre Existenz auch in Zukunft ungefährdet bleiben, so mussten sich die Zehnwortianer, samt dem großen M., womöglich zum größtmöglichen Opfer in ihrer Geschichte durchringen, das in der Trennung von ihrer Ikone der Sangeskunst bestand. Die Herauslösung von Tamara Hope aus dem Zehnwortmosaik, der Verzicht auf das wichtigste und erhabenste Bindeglied des staatlichen Zusammenhalts, um ebendiesen auch für die Ewigkeit zu garantieren; ein unmögliches Paradoxon, so wie die Quadratur des Kreises ...
Was würde der große M. dazu sagen?
Wie würde er die Trennung von diesem Symbol, dem Signum seiner Macht, verkraften?
Würde das einen kolossalen Machtschwund zur Folge haben?
Kann ein Meereszorn überhaupt bestehen ohne eine Tamara Hope?
Kann ein Kunstprodukt auskommen ohne ein anderes?
Kann eine solche einzigartige Zweisamkeit zur Erhaltung des Machtgleichgewichts jäh aufgebrochen werden?

Ohne schädliche Folgen für das Machtgefüge der Magischen Zehn?

Ohne den Zorn des Volkes zu provozieren?

Ohne einen Aufstand der Zehnwortianer anzuzetteln?

Wo würde ich Tamara zum ersten Mal treffen?
Wo nur?
Oder aber – niemals?

Unbeirrt zog ich weiter durch die Außenbezirke der Stadt und ließ mich treiben – mal sehen, wie weit ich diesmal kommen würde, wo ich heute hängenbleiben würde...

Irgendwie landete ich kurioserweise wieder auf dem kleinen, verträumten Bahnhof von Zehnwortsatzingen, beinahe dort, wo alles angefangen hatte.
Vielleicht sollte es so sein, und es war alles so arrangiert und dirigiert worden von den Helfershelfern Meereszorns, dass ich hier Tamara treffen würde?
Ich setzte über die abschüssige, ein paar Fuß hohe, lehmerdige Abdämmung des Eisenbahneinschnitts, hinunter aufs Gleisbett und ging verträumt und wehmütig auf den Schienen weiter. Die Sonne stand schon tief am Himmel. Doch keine Tamara, die auf mich wartete.
Die ganze Atmosphäre von Zehnwortsatzingen war nicht gerade zu vergleichen mit dem Pariser Nachtleben auf dem Montmartre mit seinen ultramodernen Licht- und Lasershows. Wie sollte es aber auch – das Einzige, was die Einheimischen hier

unter „Laser" verstanden, war wohl in der Bedeutung eines Zeitungslesers.

In der Ferne stand eine Lokomotive, einsam wie ich, auf den Schienen und ließ ihren Dampf ab. Aus ihrer Heizluke flackerte ein mächtiger Feuerschein. Güterwagen wurden hin- und hergeschoben und rumpelten mit ihren schweren Puffern aneinander. Mit einem wahren Donnergetöse polterte eine rangierende Lokomotive heran – ich machte, dass ich von den Gleisen kam, sicherheitshalber.

Gerade eben schnaufte der Expresszug auf seiner Fahrt zwischen Zweieichen und Zehnwortsatzingen an mir vorbei. Die gewaltige Lokomotive mit den dämonisch dahinrumpelnden Wagen kam auf ihrer glatten Stahlspur unruhig zum Stehen und paffte gewaltig Dampf.

Da glaubt ich eine Erleuchtung zu haben: Es konnte nur dieser Zug sein, mit dem Tamara zu mir kommen würde! Eine freudige Erregung über die Zusammenführung zweier verlorener Herzen übermannte mich auf unvergleichliche Weise; aufgescheucht und verschreckt rannte ich wie wild zu den sich öffnenden Türen. Endlich also ging der Plan der Zehnwortianer auf: Ich würde meine Tamara bekommen – sie schienen auf ihre Weise reagiert zu haben, die Herrschenden, um mir meine Belohnung für meine gesellschaftliche Unterwerfung zu kredenzen!

„Tamara!", rief ich schwach, „heißt jemand von Ihnen vielleicht nicht Tamara Hope?", rief ich den aussteigenden Leuten zu.

Der Zug der verlorenen Zehnwortianer spie nur reihenweise genormte Menschen aus, die gleich wieder ihren gefürchteten Gespensterschritt einlegten, sobald ihre flinken Füße die Trittbretter verlassen hatten.

Doch von einer Tamara Hope keine Spur!

Ich rannte enttäuscht und ungeduldig, mit klopfendem Herzen, zwischen den Türen der aussteigenden Menschen hin und her, heftig atmend und schweißnass, und nahm alle Frauen mit Tamara ähnlichem Aussehen scharf ins Visier: Doch keine entschloss sich, in meine Richtung abzudriften.

Sollte alles wieder ein großer Irrtum gewesen sein, ein erneutes, grausames taktisches Hinhaltemanöver der Mächtigen, um mich vollends zu zermürben?

„Tamara, lass mich nicht länger warten ...", raunte ich schwach in die Abenddämmerung, doch kaum einer nahm Notiz von mir.

Erschöpft ließ ich den Haltegriff der Wagontür los, und sank ins Leere, irgendwohin.

Ich sah auch zahlreiche Zehnwortsatzlinge hurtig aussteigen, wobei ich endlich einmal klarstellen muss, dass „Zehnwortsatzlinge" eigentlich nur die Bezeichnung für die jüngeren Einwohner von Zehnwortsatzingen ist, also für die Altersgruppe bis Anfang Dreißig, während die darüberliegende Altersgruppe als „Zehnwortianer" bezeichnet wurde. Die ganz Alten nannte man übrigens scherzhaft „Zehnwortgruftis", oder auch „Zehnwortgreislein"; natürlich nur im Munde des Volkes, dem Volksmund – hier „Verfolgsmund" genannt, derart humorbewehrt war man also auch hier schon vorgedrungen...

Kinder wurden „Zehnwortkids“ oder einfach „Mini-Zehnworties“ genannt, je nachdem, welcher Ausdruck in welchem Bezirk gerade „in“ war.

Doch das alles interessierte mich gerade überhaupt nicht.

Wie konnte solch ein unsinniger Gedankenbrei gerade mein gemartertes Hirn durchkreuzen?

War ich etwa mit der Suche nach Tamara nicht schon vollauf ausgelastet?

„Heh, Leute, ich bin es, Euer Zehnwort-Newcomer, euer Star aus dem Fernsehduell; erkennt mich denn keiner von euch?“, fragte ich in die letzte, den Bahnhof verlassende Menschenmenge hinein.

Kein Mensch reagierte auf mich, alle rauschten kühl an mir vorbei, als wäre ich unsichtbar.

„Ich ... Ich bin wohl nicht mehr interessant für euch, was? Ist es das?“, fragte ich ärgerlich und mächtig schnaufend.

„Wo habt ihr meine Tamara versteckt? Antwortet mir!“, forderte ich albern und auf lächerliche Weise, „wo bist du, meine zauberhafte Zehnwortelfe? Wo hast du dich versteckt?“

Die Indifferenz der roboterhaften Leute machte mich immer wütender.

Ihr Mangel an Bereitschaft zur Mitarbeit an meinem verzweifelten Fall brachte mich gegen die sturen Massen aufs Heftigste in Rage, und resultierte auch durchaus in Gewaltbereitschaft von meiner Seite: So packte ich den einen oder anderen am Kragen, hielt Frauen an, die Ähnlichkeit mit Tamara haben könnten, aber es waren derer einfach zu viele, wie ich erstaunt und frustriert konstatieren musste.

War das Zufall oder Absicht?

Nein – die häufige Ähnlichkeit vieler Frauen mit der Zehnwort-Propagandasängerin war einfach nur durch die große Verehrung von Tamara Hope zu erklären, dachte ich mir nun bei näherer Überlegung: Denn viele Frauen wollten in ihrem äußeren Erscheinungsbild, durch Frisur und Make-up, ihrem Idol möglichst aufs Haar gleichen.

Was für ein Spiel trieb man wieder mit mir, und wie und wo würde es enden?

Würde es überhaupt je enden?

Tamara! Tamara!

Alle Menschen waren fort, und ich war allein verblieben – ohne Tamara.

So ein Zirkus!

Ich war wieder einmal betrogen worden.

Ich lag buchstäblich im Staub meiner zerstobenen Hoffnungen: Zusammengesunken auf der Erde. Müde, ausgelaugt, aller Hoffnungen auf Tamara beraubt.

Dennoch erhob ich mich schließlich schwerfällig.

Starke Zweifel schlichen sich bei mir ein, ob eine reale Tamara Hope aus Fleisch und Blut überhaupt existierte. War die ganze Person nicht etwa nur ein Konstrukt, eine Ausgeburt meiner Phantasie, die man mir zur Beschwichtigung vorgegaukelt hatte, zusammengesetzt aus den Versatzstücken des großen Zehn-Wort-Baukastens?

Ja, wahrscheinlich! So sei es ... Billig zu haben zum Schleuderpreis in jedem Baumarkt, dieses Produkt. Für ein paar Realos konnte sich jeder Amateur seine eigene Tamara Hope zusammensetzen, zusammenschrauben wie einen kleinen, fernlenkbaren Haushaltsroboter auf der Erde.

Alles wählbar, auch die Farbe der Augen, die Länge der Haare und das Aussehen des Mundes, phantasierte ich, lachte hysterisch und schob mich vorwärts.

Am Bahnwärterhäuschen vorbei ging ich zu einem Kiosk, um mir den neuesten „Zehnwort-Bürgerbeschatter" zu kaufen. Doch ich besaß ja immer noch kein Geld von Zehnwortsatzingen, so musste ich es bei einem verstohlenen Blättern in der neuesten Ausgabe belassen.

Obwohl ich mir auch das radikale, lingufaschistische Blatt vornahm, konnte ich keine interessanten Notizen entdecken: Kein Bericht über mich und meine Taten, nur die üblichen Propagandameldungen aus der humanen, M. schen Regierungsführung: Demnach wurden die Ernten dauernd besser und üppiger, die Preise purzelten ununterbrochen wie die Affen von den Zehnblätterbäumen, wenn sie betrunken waren, aber eine Meldung war dann doch interessant: Die Arbeiten an der „Zehnwortmaschine" liefen auf vollen Touren, hieß es da.

Ich wollte sie mir gerade vertiefend zu Gemüte führen, da erschien der Kioskbesitzer persönlich vor mir, und schaute mich böse an, weil ich seine Zeitungen so entweihte.

„Nanu, gefällt Ihnen etwa nicht mein Zehnfingersystem, mit dem ich geschickt Ihre Blätter durch meine Hände flutschen lasse?", fragte ich vorwitzig, womit ich meinen zehnwortgeldlosen Status zu verteidigen bemüht war. Da erkannte mich der Mann als das, was ich zwar auch nicht war, aber vorzugeben bereit war, lächelte mich an, sagte, er habe von all meinen Abenteuern in der Zeitung gelesen. Und daraus wüsste er, dass ich mich in seiner Heimat bald als Reiseschriftsteller betätigen würde, was ihm überaus Freude bereite, da er bald schon gern von meinen Eindrücken lesen wolle.

Aha, dachte ich. Indirekt haben mir die Mächtigen auf diese Weise durch einen Mittelsmann zu verstehen gegeben, was sie demnächst von mir erwarteten – ohne selber in Erscheinung zu treten. Sehr schlau vom großen M.! Meine neuer, erweiterter Berufswunsch in den Augen der Oberen war nun also: Ich sollte ein Reiseschriftsteller werden!
Was sollte ich nun davon halten, und vor allem: Wie sollte ich mich zu diesem Ansinnen verhalten?

Der liebenswürdige Kioskbesitzer schenkte mir überraschenderweise einen ganzen Packen von Journalen, Broschüren und Zeitungen für meine literarische Tätigkeit. Unter anderem auch den „Vierteljährlichen Zehnwortianischen Verherrlicher der M.schen Humandemokratdiktatur".
Sogar die Zeitung der Gefangenen von Zehnbuchen erhielt ich gratis: Die „Gazette der Zehnbuchenhäftlinge zur Abwehr und Ausmerzung von ungeeigneten Wortphantasien".
Ich nahm alles an mich, bedankte mich und setzte mich zum Lesen in den nahegelegenen Park.
Bald jedoch wurde ich es müde, warf das ganze Zeug in einen Papierkorb und ging weiter.

Auf vielen Umwegen gelangte ich nach langer Wanderung in ein in einen Talkessel hinein gewürfeltes Dorf, das ganz von Wäldern umgeben war.

Es war tatsächlich wieder das Dorf des Philosophen, das kleine Außenseitercamp.

Der Zufall hatte mich wieder hierher geführt.

Doch es war bestimmt kein Zufall.

Ich war glücklich. Alle begrüßten wir uns aufs Herzlichste. Immerhin war es sehr schön, wieder unter Freunden zu sein.

Diesmal kam mir das Dorf auf den ersten Blick so unbekannt vor, weil ich heute aus einer anderen Richtung gekommen war. Der Philosoph war noch magerer als sonst. Er trug mehrere Schichten alter Kleider übereinander. Er sah dadurch aus, als hätte er ein halbes Dutzend Vogelscheuchen geplündert.

Ein Kloakenbach rann mitten durch das Dorf der Außenseiter, schnitt es in zwei Hälften. Die Stinkbrühe machte meinen Nasennerven zu schaffen, wilde Hunde streunten durch das Dorf, Morastwege kreuzten sich wie wild gewordene Schlammbäche. So verwahrlost hatte ich das Dorf gar nicht in Erinnerung. Ich fragte bestürzt, was hier vorgefallen wäre.

Doch die Einwohner lächelten nur und sagten lapidar, sie wären eben arm und keiner kümmere sich aus begreiflichen Gründen über Gebühr um sie. Freiheit habe eben auch ihre Tücken: So hätten die Zehnwortianer ihre perfekt genormte Sprache, aber auch ihren perfekt geregelten Tagesablauf ohne materielle Not, während AKIREMA erst alle Werte aus sich selbst heraus schaffen müsse. Und das sei eben schwierig, besonders, was die Herstellung von Gütern anbelange, die über die pure Lebensnotwendigkeit hinausgingen. Daher seien diese auch so gut wie nicht vorhanden.

Aber ich tröstete meine Outcastfreunde mit der Feststellung, dass nur sie die richtige Freiheit hätten, wenn auch im Urzustand, während ich als angehender Nationalheld unfrei sei und plötzlich so viele Verpflichtungen habe.
Sie erklärten mir, sie hätten von meinem neuen Status als „Reiseschriftsteller" gehört, alle hätten meine wundersame Wandlung in hereingeschmuggelten Zeitungen mitverfolgt, und wären doch auch über mein Los betrübt: Nicht, weil sie mir die zukünftigen Privilegien nicht gegönnt hätten, im Gegenteil. Doch die Außenseiter bedauerten mich, weil ich mich an die Herrscher verkaufe, so sehr, dass ich schon halb ihre Sprache angenommen habe.
Ich nickte betrübt, doch gab ich meinen Freunden zu bedenken, dass ich mich in meiner Lage kaum weigern könne, das sozialpolitische Experiment, dem mich die Oberen unterziehen wollten, abzulehnen.
Ich gab natürlich zu, dass ich als ein Anderer zu ihnen ins Camp der Hoffnungslosen zurückgekehrt war, ich sah auch ein, dass sich das alte Vertrauensverhältnis, das einst zwischen uns bestanden habe, so ohne Weiteres nicht wieder einstellen könne.
Als Ausgestoßener sei ich einst zu ihnen gekommen, als halbgarer Zehnwortianer sei ich zurückgekehrt, sagte mir der Philosoph, allerdings ohne den geringsten Tadel oder Vorwurf. Ich solle mir nur

vergegenwärtigen, wie geschickt eingefädelt die Strategie der Zehnwortianer sei.

Niedergeschlagen gab ich meine Bereitschaft zum Zweckoptimismus zu und war meinen Freunden dankbar, dass sie mich trotzdem wieder in ihre Gemeinschaft aufgenommen haben, auch wenn uns allen klar war, dass dieser Zustand nicht lange anhalten könne.
Der Außenseiterprofessor und ich, wir ließen uns beide wieder unter der alten Eiche nieder, um über das inzwischen Vorgefallene zu plaudern. Dabei streiften wir auch unser beider Leben, und so verschieden die beiden Lebensweisen auf den ersten Blick auch aussehen mochten, so entdeckten wir doch viele Gemeinsamkeiten in unseren Ansichten.

„Nein, so ganz richtig leben wir eigentlich doch nicht in Frieden und Freiheit", folgerte der Lumpenboss nachdenklich, „genauso wenig, wie Menschen in Freiheit leben, die in einer zivilisierten Gesellschaft aufgewachsen sind. Denn diese blicken meist ängstlich und gehetzt drein, weil sie in der beständigen Furcht leben, dass sie etwas von ihrem Reichtum verlieren könnten; ihren Arbeitsplatz, ihr Haus, ihre Freundin ... Oder sie haben einfach Angst, sie könnten einen wichtigen Termin versäumen, zu einem Zeitpunkt krank werden, wo ein geschäftsentscheidendes Meeting stattfindet, oder sie leben in der Furcht, ihre Raten demnächst nicht mehr bezahlen zu können oder die fällige Monatsmiete.
Unser Leben hier ist zwar nicht in demselben Maße reglementiert, denn bei uns hat niemand wirklich was

zu verlieren, kein Haus, kein Auto, keine Stellung. Alles was wir brauchen, bekommen wir trotzdem geliefert, auch wir Ausgestoßenen, wenn auch nur in absolut lebensnotwendigen Dosen ... Nein, auch wir sind im Grunde nicht frei", folgerte er nochmals, „die einzige Freiheit, die wir haben, ist, frei entscheiden zu können, was für Dinge wir nicht haben wollen und nicht haben können: Nämlich so ziemlich alle, die es gibt. Das ist unsere Große Freiheit –ist das nicht irgendwie paradox?"

Ich bejahte und sagte, es höre sich nicht ganz logisch an, sei aber auf jeden Fall originell philosophisch verpackt.

Diese Feststellung behagte dem Herrscher über die hundert Vogelscheuchen auch nicht so ganz, so lächelte er nur schwach.

Ich sehnte mich wieder heftig nach Tamara Hope, unterdrückte aber diese Wunschvorstellung, mit Rücksicht auf meine Freunde.

„Verspürt denn keiner von euch den Wunsch, einmal die gute, alte Erde zu besuchen?", fragte ich plötzlich, um mich von meinem Kummer abzulenken.

„Besteht bei euch eigentlich keine Nostalgie zur Urheimat? – Denn dort herrscht eine ganz andere Philosophie als hier, und es gibt ganz andere, aufregende Lebensweisen und Ansichten", lockte ich meine Gesprächspartner aus der Lethargie des gesellschaftlichen Abseits.

„Natürlich", bestätigte mir der Vogelscheuchenchef, „aber es gelingt ganz selten, dass sich einer von uns in ein irdisches Raumschiff einschmuggeln kann, das ihn zur Erde bringt".

Ich horchte auf.

Seltsam, wirklich!

Noch nie hatte ich von einem solchen Fall gehört, dass es einem Zehnwortianer gelungen wäre, den ideologischen Bannkreis zu brechen, der zwischen unseren beiden Welten bestand, und auf unserer Erde zu landen. Sollte es wirklich mal einem gelungen sein, dann hätte er uns ja von sich und seinem Gesellschaftssystem erzählen können, und wir Erdlinge hätten nicht so lange im Tal der Ahnungslosen gelebt. Das sagte ich auch dem Philosophen.

„Wahrscheinlich ist nie einer der blinden Passagiere lebend bei euch angekommen", mutmaßte der Philosophieprofessor. „Es waren ja auch wirklich nur ganz wenige, denen eine Flucht gelang; vermutlich haben sie sich ins Transportsystem eines Raumkreuzers eingeschlichen und sind dort erstickt..."

Er selber kenne keinen solcher Flüchtlinge, sagte er.

Und ich begann, von der Erde zu erzählen.

Und ich erzählte, dass eigentlich uneingeschränkt Frieden und Freiheit auf unserem gesamten Gestirn herrschten. Jeder dürfe frei seinen Beruf wählen, falls er einen anstreben sollte, denn Dienstleistungen würden kaum mehr benötigt; der Beruf hatte also nur noch eine Alibi-Funktion für freiwillige Beschäftigung, um nicht die Zeit totzuschlagen.

Jeder dürfe bei uns auch ohne Einschränkung seine freie Meinung äußern, nur interessiere sich keiner mehr dafür. Die Meinungsmacher wären bei uns längst keine Menschen mehr, sondern Maschinen, und Maschinen widersprach man nicht, denn die wären gefühllos, sie könnten unseren Protest gar nicht verstehen, erklärte ich. Also tat man einfach, was sie anordneten.

Sie waren es auch, die die Trends festsetzten für Mode, Lebensweise, und politische Betätigung. Und dennoch könnten sie noch nicht um die nächste Ecke denken.

Es gäbe bei uns keine Umweltverschmutzung mehr, allerdings auch keine Umwelt mehr: Alle Bäume wären künstlich, aus Aluminium, das hält ewig, das Gras sei synthetisch und ewig haltbar. Um den Globus schwebe eine künstliche Atmosphäre mit hochfein gefilterten Gasen, auch der Regen würde künstlich erzeugt.

Einzig die Überbevölkerung bereite uns noch ständige Probleme: Vielleicht würden wir da bald ähnlich verfahren müssen wie die Zehnwortianer mit den überschüssigen Gefangenen in Zehnbuchen, meinte ich zum Philosophen, allerdings nach anderen Gesichtspunkten, als das hier geschähe. Wir müssten unsere überzähligen Menschen auf fremden Planeten ansiedeln, erklärte ich.

Es gäbe keine verlustreichen Kriege mehr und keine verzankten Parteien, fuhr ich fort. Das sei doch auch schon ein schöner Fortschritt, oder nicht?

Die Parteien hätten sich aufgelöst, referierte ich, als ihre Führer erkannten, dass es keinen Sinn mehr hatte, sich zu profilieren, weil die Menschen von den Computern dazu angehalten wurden, niemanden mehr zu wählen – jedenfalls keinen Menschen! Es gab für die Politiker also nichts mehr zu repräsentieren oder zu vertreten. Höchstens die Beine.

Die Menschen fanden es schließlich sogar megatoll, das Regieren den Maschinen zu überlassen, die das viel besser und effektiver könnten. Und sie können es auch wirklich; für alle Fälle bis zum heutigen Tag. Kriege erübrigten sich, seit es keine Länder mehr gab, die erobert werden konnten: Die ganze Erde war heute ein einziges großes Land, ihre natürlichen Grenzen waren durch das Ende der Schwerkraft gekennzeichnet.

Es gab also keine Gewaltherrscher mehr, die die Menschen unterjochen konnten, in wessen Auftrag auch? Kaiser und Könige gab es nicht mehr, und auf Fanatiker hörte eh niemand mehr.

Und niemand käme auf die Idee, eine Ideologie zu vertreten, es gab keine mehr ... Auch keine Ausgestoßenen, die am Rande der Gesellschaft ihr Dasein fristen müssten.

Übrigens gäbe es noch mancherorts kleine Reste echten Waldes, mit kristallklaren Bächen, die nicht künstlich angelegt worden seien, erwähnte ich noch. Die dürfe man sporadisch besichtigen, allerdings benötige man eine „Waldkarte", wenn man hinein wolle; und auch dann berechtigte die Karte nur zu einem einstündigen Aufenthalt in diesen letzten grünen, naturbelassenen Oasen, und das auch nur einmal im Monat pro Person. Die Beantragung der Karte wäre mit allerlei Schwierigkeiten verbunden, unter anderem mit dieser, dass man nachweisen musste, dass man ein gesundheitliches Motiv hatte, diese Orte aufzusuchen: Melancholie und Naturverbundenheit reichten nicht aus als schlüssige Begründung.

Und dann wäre da noch das Problem der oftmals weiten Entfernungen dieser Wälder; nicht immer befand sich einer in unmittelbarer Nähe vom Wohnort des Antragstellers. Manchmal dauerte die Anreise zum nächstgelegenen Wald so lange, dass die im Waldpass gestempelte Frist zur Nutzung der „monatlichen Vergnügungsstunde" bei Ankunft im Grünen schon verstrichen war; ja, was dann?
Dann stand man im wahrsten Sinne des Wortes „im Wald", oder besser gesagt, paradoxerweise gerade eben
n i c h t im Wald, wo man sich ja sehnlichst aufhalten wollte.
Und ich unterstrich anhand dieses Beispiels die Dusseligkeit von Sprichwörtern; wenigstens bräuchten wir uns damit auch nicht mehr herumzuschlagen – auch die Sprichwörter sind längst abgeschafft, vor allem die, wo Wälder drin vorkommen. Und Holz, und all so'n Zeugs, sagte ich betreten.
Die Mitglieder der Außenseiterkolonie machten vor lauter Staunen große Augen.

Doch nun zurück zum Wald, meinte ich.
Wenn man Glück hätte, könne man gerade noch die Ausläufer der würzigen Luft des Waldes einatmen, wenn man bei Fristablauf traurig an seinem Rand stehe und von einem bedauernden Polizisten zum Weitergehen aufgefordert würde: Mit der tröstlichen Bemerkung, man könne ja jederzeit wieder einen Antrag auf „Waldnutzung" stellen – vielleicht wäre er beim nächsten Mal erfolgreicher ... Vor allem, wenn demnächst schnellere Waldtaxis eingesetzt würden.

Beinahe die gesamte Außenseiterkolonie lachte über die reale Geschichte wie über einen gelungenen Witz. Dieses wäre allerdings eins der wenigen, verbliebenen, gesellschaftlichen Probleme, die wir auf der Erde noch zu beklagen hätten, sagte ich lachend zum Philosophen. Und anlässlich der Vergegenwärtigung dieses Naturproblems, das die Zehnwortianer nicht kannten, räkelte ich mich glücklich und behaglich angesichts der fülligen Frische und des berauschenden Grüns der alten Eiche, unter der wir nach wie vor saßen.
Hier immerhin war die Natur noch pur, völlig kostenlos, soweit das Auge reichte.

„Aha, und sonst habt ihr also keine Probleme?", fragte mich der Außenseiterchef mit mokanter Miene.
„Tja, also ...", begann ich mit einem Blick zu ihm hin, „abgesehen von all diesen geschilderten Kleinigkeiten haben wir eigentlich keine Probleme und leben völlig frei ... und ungebunden", ergänzte ich schelmisch.
„Aber seid ihr auch wirklich glücklich bei alledem?", fragte der Philosophieprofessor forschend nach.
„Glücklich?", fragte ich verblüfft.
„Ja ... also, eigentlich ... doch, schon".
Ich überlegte eine Weile, dann sagte ich: „Also, wenn ich ehrlich sein soll ..." Erneutes, begreifliches Zögern von meiner Seite, dann plötzlich wurde mir klar, dass uns kein Roboter je eingetrichtert hatte, dass wir auch glücklich zu sein hätten.

Schließlich bat ich darum, mir zur endgültigen Beantwortung der Frage, ob ich auf der Erde je richtig glücklich gewesen sei, oder nicht, noch etwas

Bedenkzeit zu gewähren. Sie wurde mir großzügig gewährt und so vertagten wir unser Meeting und genossen die Frische des Waldes.

Am Nachmittag fiel mein Blick zufällig auf eine frische Zeitung, die der Lumpenprofessor irgendwie ergattert hatte. Unsere Runde saß wieder in lockeren Gruppierungen zusammen, als ich ihre Aufmerksamkeit auf folgende Notiz lenkte:

IRDISCHER VOLKSFEIND FESTGENOMMEN UND NACH ZEHNBUCHEN ZUM VERHÖR GEBRACHT WORDEN

Bei näherer Betrachtung der Beschreibung des „Volksfeindes" stellte ich konsterniert fest, dass sie genau auf Rainer Grosfuhs passte. Es musste sich tatsächlich um meinen verschollenen Kollegen handeln! Er war Historiker wie ich, der hier auf diesem Planeten vor über einem Jahr verlustig gegangen war.
Die Sehnsucht nach einem Wiedersehen mit ihm war nicht unbedingt ausschlaggebend für meinen Aufbruch nach Zehnwortsatzingen gewesen, denn wir waren nur so etwas wie entfernte Kollegen, nicht enge Freunde, doch jetzt, nach dieser bedrückenden Notiz, machte ich mir doch gewaltig Sorgen um ihn.
Der Philosoph verstand meine Bedrückung, riet mir jedoch, keine Verbindung zu ihm zu suchen, da ich dann sofort wieder in Verruf geraten würde. Außerdem sei es schwierig, in Zehnbuchen als Besucher zugelassen zu werden; wenn ich Pech hätte, würden sie mich gleich als Häftling dabehalten.

„Was mag er verbrochen haben?", fragte ich beunruhigt.

„Wohl so einiges, wenn sie ihn gleich nach Zehnbuchen verfrachtet haben", bemerkte der Philosoph.

„Schade, dass der Zeitungsartikel sich nicht näher darüber auslässt; aber du siehst also, dass die Sache sehr ernst sein muss", gab mir der Professor zur Warnung, und ließ die Zeitung wieder zu Boden sinken.

„Sicherlich hat er irgendwie die Sprachnorm verletzt", meinte achtlos ein anderer meiner Gefährten.

„Das kann sein", bekräftigte der Chef der Ausgestoßenen, „auch hier auf unserer Kolonie begann alles mit der Verformung der Sprache. So begann einst jede Tyrannei ... Denn erst die Vergewaltigung der Sprache zieht stets alle anderen Übel nach sich; Terror, Unterdrückung, Unfreiheit, Aufhebung des Rechts, auch den Kulturverfall", sagte der Kolonieführer traurig, „damit fängt die Misere der Diktatur immer an, egal, wo sie sich auch abspielt..."

„Denn das gilt keineswegs nur für unsere Kultur", bekräftigte er nach einer Bedenkpause noch einmal nachdrücklich.

„Das gilt für alle Systeme, die sich langsam, schrittweise zu Diktaturen entwickelt haben ..."

Alle nickten zustimmend. Ich jedoch konnte mich nicht länger mit dem neuen Dilemma – Rainer helfen, oder nicht helfen? – aufhalten, denn ich hatte gleich einen wichtigen Termin in der Bibliothek von

Zehnwortsatzingen; um Rainer Grosfuhs würde ich mich ein anderes Mal kümmern müssen.

Stunden später saß ich also auch schon in einem eigens für meine Zwecke eingerichteten Studierzimmer in der mir bekannten Bibliothek von Zehnwortsatzingen.
Als Betreuer waren mir wieder die beiden Lingufaschisten zugesellt worden; die herzigen Klötze schenkten mir jenen huldvollen Blick, mit dem sie mir und ihrer Umgebung überreichlich kundtaten, dass sie mich wirklich liebgewonnen hatten für meinen Einsatz im Bereich der Zehnwortsprache.
Heute also würde ich meinen ersten Auftrag für das Lingufaschistische Institut erfüllen: Die Bearbeitung von Thomas Manns „Die Bekenntnisse des Hochstaplers Felix Krull“, um den verstaubten Klassiker für die „infinite Neusprache“ fit zu machen.
Die beiden Herren sagten mir jede mögliche Art von Hilfe zu, falls ich sie benötige, und ließen mich dann allein in der Bibliothek zurück.
Ich setzte mich also nieder, um den ersten Rohentwurf für die Einwort-Neufassung des „Felix Krull“ zu zimmern. Es ging den beiden Lingufaschisten ja darum, die komplexen Sachverhalte des Buches „infinit zusammenzuziehen“, das heißt, zu einem einzigen, unendlichen Wort, dem absoluten Wort, das „alles aussagt“. Keine leichte Aufgabe, diese Sprachreduktion, aber ich wollte es schaffen.

Mein erster Entwurf fiel also folgendermaßen aus:

„Federergreifendvollmüßigzurückgezogengesundmüd
ekleineetappenschreibendgefällighandschriftigpapiera
nvertrauendflüchtigbedenkenbeschlichenobgewachsen
seiendgeistigunternehmenddieaufgabenachvorbildung
und- schule ...“

Hier kam ich also schon ins Stocken, kein Wunder bei
dem geistigen Aussagegehalt des Werkes. Thomas
Mann hatte es geschafft, seinem Werk die ihm nach
seinen Vorstellungen gebührende Form zu geben;
würde ich der Aufgabe gewachsen sein, sie ihm zu
nehmen? Das Buch nach lingufaschistischer Manier
aneinanderzukleistern zu einem unendlichen
Rattenschwanz einer einzigen Kette eines nicht enden
wollenden, einzigen Wortes?
Ich kam zu der Überzeugung, wer so was verlange,
müsse verrückt sein.

In meiner Not rief ich die beiden Herren über Sprache
und Tod zu mir und erklärte ihnen meine
Schwierigkeiten. Diese reagierten
überraschenderweise sehr verständnisvoll und
erklärten sich einverstanden, dass ich das Werk
drastisch kürzen und vereinfachen dürfe. Hauptsache,
ich würde den Kern der wesentlichen Aussagen auf
ein einziges Wort zusammenschrumpfen. Das könne
ruhig ein ganz kleines Buch werden.
Freudig bekundete ich beiden meine tief empfundene
Dankbarkeit.
Sie nahmen es gelassen auf, und der eine klopfte mir
zum Abschied und unter vielen guten Wünschen des
bestmöglichen Gelingens auf die Schulter. Vielleicht
war es auch der andere, genau weiß ich es nicht mehr.

Damit gingen sie wieder zur Tür hinaus und ließen mich in Ruhe arbeiten.

Am Abend stand berufliche Weiterbildung auf dem Programm.
Zu diesem Zweck besuchte ich linguistische Vorlesungen, zuerst eine lingufaschistische. Dabei erfuhr ich endlich alles über die zwei sich erbittert untereinander bekämpfenden Zehn-Wort-Schulen:

a) Die altehrwürdige Schule der L i n g u f a s c h i s t e n mit ihrer fächerübergreifenden Disziplin des „aggressiven Ausmerzens unzeitgemäßer (non-temporaler) Wörter" im alltäglichen Sprachgebrauch stand unter der Ägide von Professor Elimi**nazi**o, einer unbestrittenen Koryphäe seines Faches. Dieser Herr ist italienischer Abstammung, also sehr impulsiv, wenn es darum geht, ein Ziel durchzusetzen.
Dieser wissenschaftliche Zweig ist r e g r e s s i v, zielt also auf kontinuierliche Vereinfachung der Sprache bis zu ihrer völligen Abschaffung.

Tja, Sie haben richtig gelesen; diese radikale Splittergruppe gibt sich nicht einmal mehr mit der Schaffung des „infiniten Wortes" zufrieden. Sie will gleich ganz reinen Tisch machen.
Der Traum aller echten Lingufaschisten ist daher die sprachlose Gesellschaft, die sich nur noch durch Zehn-Ton-Pfeiftechnik verständigt.
Schutzheiliger dieses abtrünnigen Wissenschaftszweiges ist Hans- Dieter Meereszorn. Denn für ihn ist seit jeher eh jedes Wort überflüssig.

Denn nach seiner Auffassung hatten die Menschen viel zu viele dumme Gedanken, die sie gar nicht schnell genug aussprechen konnten.

Auf ein diametral entgegengesetztes Ziel hin arbeitet die

b) Schule der Linguprogressisten in Dreieichen

Diese Disziplin weist eine eindeutig progressive, wortinflationäre Tendenz auf; ihr Nestor ist Professor Eindloosig, Sohn niederländischer Einwanderer, die einst aus den Niederlanden ausgebürgert worden waren, weil sie den Tick hatten, das ganze Land nach uralter Tradition mit inzwischen völlig überflüssig gewordenen Windmühlen zuzuklotzen.

Die Linguprogressisten redeten der Wortabschaffung das Wort: Sie wollten die Sprache im Gegenteil durch dauernde Wortneuschöpfungen unendlich bereichern, bis es zu jedem Adjektiv mindestens hunderttausend Synonyme gab; sie veranstalteten sogar Wettbewerbe zu diesem Zweck. Ja, und was war eigentlich der Zweck des Ganzen? Ganz einfach: Jeder Mensch sollte sich sprachlich so vervollkommnen, dass die Zehnwortsprache zur schönsten des Universums werden sollte.

Beiden Disziplinen gemeinsam ist, dass sie den Menschen für total bescheuert halten, und daher denken sie auch, sie könnten ihn nach ihren abstrusen Theorien grundlegend und nach Belieben ummodeln, bis sich kein Zehnwortianer selber mehr wiedererkennt.

Ich sprach mit beiden Gelehrten, gleich nach ihren Vorlesungen.
Einer exzentrischer als der andere!
Professor Eliminazio wollte mir unbedingt zeigen, wie man Zehnwortfrevler elegant entsorgt mit dem von ihm erfundenen, noch nie in Betrieb genommenen, großen „Zehnwortabsorbator", und wollte daher sofort mit mir nach Zehnbuchen fahren. Dazu bot er mir sogar seinen Privatwagen zur Mitfahrt an.

Professor Eindloosig wollte mir unbedingt seine unerschöpfliche Windmühlensammlung aus Holland zeigen; dazu hielt er mich sogar energisch am Ärmel fest und drehte dabei zerstreut meinen Arm im Kreis herum wie einen Windmühlenflügel.
Ich fragte mich, welches Angebot schlimmer war ...
Daher lehnte ich dankend beide ab; ich legte deutlich dar, dass ich zu tun hätte, und das stimmte ja auch.

Später gerieten sich die beiden anachronistischen Dussel noch in die Haare. Der Gelehrtenstreit eskalierte sogar derart, dass sich beide wegen einer läppischen Sprachfrage duellieren wollten.
Das Duell sollte bei den nächsten Zehnkampfspielen stattfinden, wozu sie mich herzlich einluden.
Ich ließ meine Zusage erst einmal in der Schwebe, um die beiden närrischen Gelehrten in ihrer hemmungslosen Donquichotterie nicht allzu sehr gegen mich aufzubringen. Da sie bedeutende Kapazitäten ihres Faches waren, brauchte ich sie

vielleicht noch mal. Jetzt aber machte ich, dass ich wegkam, und das so schnell wie möglich.

Als bisheriges Fazit konnte ich da nur ziehen: Die gesellschaftliche Ausprägung des Zehnwortgedankens zeigte wirklich eine große Mannigfaltigkeit, vor allem, wenn man sich den handfesten Gelehrtenstreit der beiden Vertreter möglicher Zehnwortschulen ansah.

Übrigens ließen mir die beiden kuriosen Gesellen das Privileg, über die Wahl der Waffen zu entscheiden, mit denen sie sich duellieren wollten; noch bin ich unschlüssig, was ich da nehmen werde – eventuell zehnläufige Pistolen?

Die Tage zogen sich hin und her und überhaupt.
Endlos.
Ich merkte, dass ich entsetzlich unter Heimweh litt, nach der Erde! ... Mein Verlangen nach Tamara war darüber nicht geringer geworden.
Doch keine Spur von ihr, die Zehnwortelfe hielt sich gut verborgen, oder wurde gut verborgen gehalten.
Allmählich begann ich, an meinem Verstand zu zweifeln; nahm man mich überhaupt noch ernst?
Hatte man mich je ernst genommen?
War das alles, was ich hier sah, und was man mir bisher an Spektakeln geboten hatte, überhaupt ernst gemeint?
Oder gehörte alles zu einem anderen, großen Spiel, bei dem ich nur der Verlierer sein konnte?

Was an Realitäten existierte denn hier tatsächlich?
War der „Große M." nur eine Erfindung, wie der
„Große Bruder" von „1984?"

Alles nur Theater?

Illusionen, dachte ich und lachte hysterisch.

Dann brach ich ohnmächtig über meinem Schreibtisch
in der Bibliothek von Zehnwortsatzingen zusammen.

ENDE BUCH EINS